AF280055

Der Andere

Roman

Herstellung und Verlag:
BoD – Books on Demand, Norderstedt
ISBN: 9783756217083

Copyright 2014
by Doris Bühler

Überarbeitete Version 2022

Cover: Tom Jay
(c) nadtochiy / Shutterstock.com
(c) MF_Orleans / Shutterstok.com
(c) deagreez1 / Depositphotos.com
(c) curaphotography / Depositphotos.com
(c) kiraan / Depositphotos.com

1.

Es gab nur einen einzigen Bahnsteig in Wallberg. Das rauchgeschwärzte Dach über den Gleisen ruhte auf dicken hölzernen Pfeilern; eine Uhr, sowie ein uraltes Ortsschild aus weißer Emaille hingen von der Decke herab. Inzwischen verkehrte hier nur noch eine kleine Privatbahn, wer nach Ossfelden wollte, nahm lieber den Bus.

Obwohl der Zug an diesem Mittwoch zehn Minuten Verspätung hatte, störte das niemanden. Die drei Fahrgäste, die einstiegen, kannten es nicht anders, und der einzige Fahrgast, der ausgestiegen war, - eine junge Frau in rotem Sommerkostüm, - schien nicht in Eile zu sein. Sie stellte ihre Reisetasche neben sich und sah dem Zug nach, wie er einen großen Bogen um ein Sägewerk schlug und schließlich in der Ferne verschwand.

'Das Ende der Welt', dachte Laura Kaufmann amüsiert, während sie sich umschaute. Keine Menschenseele war zu sehen, nur von weitem hörte man Musik, als sei ein Jahrmarkt in der Nähe.

Sie wünschte, Matthias hätte sie heute schon abholen können. In letzter Minute hatte er angerufen und sie gebeten, einen Tag später zu fahren. Er mußte in Heidelberg bleiben, um an einem überaus wichtigen Gerichtstermin teilzunehmen. Ihr hatte das nicht gefallen, denn nach der

Wohnungsauflösung war sie vorübergehend bei ihrer Freundin Sina untergekommen und wollte deren Gastfreundschaft keinen Tag länger in Anspruch nehmen. Außerdem hatte sie sich auf die Reise gefreut und konnte es kaum erwarten, ihre neue Heimat kennenzulernen, deshalb hielt sie an ihrem Reisetermin fest. Darüber war dann Matthias wieder etwas verstimmt gewesen, hatte ihr aber im Dorfgasthof ein Zimmer bestellt, weil es seinem Bruder Michael erst am nächsten Tag möglich war, sie abzuholen.

Laura nahm ihre Reisetasche auf, sie war nicht sehr schwer. Die meisten ihrer Sachen hatte sie in zwei großen Koffern verstaut, die sie vor ihrer Abreise aufgegeben hatte, und die Matthias später in Ossfelden mit dem Wagen abholen lassen würde.

Vielleicht hätte sie nicht darauf bestehen sollen, direkt nach Wallberg zu fahren, dachte sie. Ossfelden oder gar Heidelberg wären praktischer gewesen. Möglicherweise hätte sich Matthias sogar während einer Pause oder nach der Verhandlung von seinen Kollegen loseisen und mit ihr essen gehen können. Und falls nicht, hätte sie allein etwas unternehmen können. Hier allerdings, in diesem verschlafenen Nest, blieb ihr nichts anderes übrig, als sich beizeiten schlafenzulegen. Was natürlich auch nichts schadete, weil sie auf diese Weise der Familie Riva am nächsten Tag frisch und ausgeruht gegenübertreten konnte.

Vorsichtig überquerte sie die Holzbohlen, die über die Schienen führten. Vom vormals schmucken kleinen Bahnhofsgebäude war nichts übriggeblieben, als ein leerer Raum mit gesprenkeltem, schon rissigem

Steinfußboden. An den Wänden hingen noch die vergilbten Reklame-Plakate aus vergangenen Tagen, dazwischen ein ausgedienter Getränke-Automat und ein Zigaretten-Automat, der sogar noch zu funktionieren schien.

Die Straße vor dem Bahnhof, ursprünglich geteert, nun aber mit zahllosen Schlaglöchern versehen, verlor sich auf der einen Seite zwischen den Werksgebäuden der Sägemühle, hinter der der Zug verschwunden war, auf der anderen führte sie der Ortschaft entgegen, aus deren Mitte naseweis ein Kirchturm über den Dächern hervorschaute.

Gutgelaunt machte sich Laura auf den Weg in Richtung Dorf, und je weiter sie sich dem Zentrum näherte, desto lauter wurde die Musik. Keine Volksmusik oder die blechernen Töne einer Blaskapelle, wie man sie in dieser Gegend erwartet hätte, sondern die neuesten Hits, die zurzeit auch in allen Rundfunkstationen rauf- und runtergespielt wurden. Und während sie über die holperige Straße marschierte, vorüber an den ersten geduckten Häuschen mit den bunten Blumengärten davor, ertappte sie sich dabei, dass sie ihre Schritte dem Takt der Musik anpasste und vor sich hin summte.

Auf den Bänken vor den Häusern saßen alte Leute und nutzten die Zeit vor dem Dunkelwerden zu einem kleinen Plausch, hielten inne und murmelten "N'Abend", wenn sie sie freundlich grüßte. Auf der Straße spielten Kinder. Ein Ball rollte ihr vor die Füße, und sie kickte ihn lachend zurück.

Schon nach wenigen Minuten hatte sie den Dorfplatz erreicht; eine riesige Kastanie stand in seiner Mitte.

Dahinter war das Gasthaus *Zum Krug* zu sehen, ein altes Fachwerkgebäude, über dessen Eingang ein Blechschild in Form eines Kruges im leichten Abendwind schaukelte.

An der Giebelseite des Hauses klebte ein recht modern anmutender flacher Neubau, aus dessen offenstehenden Fenstern die Musik über den Platz hallte, die schon von weitem zu hören gewesen war. Untermalt von Schreien, Rufen und lustigem Gegröle der Dorfjugend.

Der *Krug* schien das einzige Gasthaus am Platze zu sein. Hinter der schweren Eingangstür führten ein paar ausgetretene Stufen in einen dunklen Hausflur. Die plötzliche Dunkelheit machte es Laura schwer, sich gleich zurechtzufinden, doch dann erkannte sie linker Hand eine Tür mit dem Hinweis *Gaststube*, während rechts eine Treppe in die oberen Stockwerke hinaufführte.

Instinktiv hatte sie sich ein wenig geduckt, als sie die Tür zur Gaststube öffnete, denn die Holzdecke war niedrig und der Raum so verraucht, dass sie im ersten Moment nicht viel erkennen konnte. Erst auf den zweiten Blick sah sie im Tabakdunst und im spärlichen Licht, das durch die Butzenscheiben hereinfiel, eine Reihe neugieriger Gesichter auf sich gerichtet.

Der Wirt stand hemdsärmelig hinter der Theke und bediente den Bierhahn.

Sie stellte die Tasche ab. „Mein Name ist Kaufmann", sagte sie zu ihm, „Laura Kaufmann. Für mich ist ein Zimmer reserviert worden."

Der Wirt schob seinen Zigarrenstummel von der einen Seite des Mundes auf die andere und hielt ihn mit gelben Zähnen fest. „Richtig", sagte er, während er einen Blick in ein dickes abgegriffenes Heft warf, „Kaufmann. Ein

Zimmer für eine Nacht."

Er wandte sich um, griff einen Schlüssel vom Brett und legte ihn vor seinem Gast auf die Theke. „Zimmer fünf. Die Benutzung der Dusche am Ende des Ganges kostet zwei Euro extra."

Eine der Gestalten, die Laura angestarrt hatten, war aufgesprungen und griff sich ihre Tasche. Sie erschrak, doch der Wirt hob beschwichtigend die Hand. „Hannes wird Ihnen ihre Tasche hinauftragen", sagte er, und an den Mann gewandt meinte er: „Aber vorsichtig, Hannes. Zeig der Lady ihr Zimmer und wo die Dusche ist."

Hannes, ein gebücktes altes Männlein, forderte sie mit einer einladenden Geste und einem fast zahnlosen Lächeln auf, ihm zu folgen. Er führte sie aus der Gaststube hinaus und die gebohnerte Holztreppe hinauf in den ersten Stock. Die Treppe knarrte, es roch muffig und eingesperrt. Die Pflanzen, die auf der Fensterbank und in der Ecke des Flures standen, machten einen ziemlich mitleiderregenden Eindruck, waren aber trotz der scheinbaren Vernachlässigung standhaft am Leben geblieben.

Vor der Tür zu Zimmer Nummer fünf blieb Hannes stehen, noch immer die Tasche in der Hand. Er wartete, bis Laura aufgeschlossen hatte und stellte das Gepäckstück mitten im Zimmer ab. Immer wieder dienernd und mit zahnlosem Grinsen.

"Bitte sehr, die Dame", sagte er, machte aber keine Anstalten, zu gehen.

Laura griff in ihre Jackentasche, suchte ohne hinzusehen ein Geldstück heraus und drückte es ihm in die Hand. Hannes dienerte wieder und wandte sich zur

Tür. Ihm war nicht anzumerken, ob er mit dem Trinkgeld zufrieden war oder nicht.

Entgegen allen Befürchtungen wirkte das Zimmer sauber und ordentlich. Es war nur spärlich eingerichtet: Ein großes breites Bett mit verschnörkelten Knäufen am Kopfende, ein dazu passender Nachttisch, auf dem eine kleine altmodische Lampe in Form eines Blütenkelches stand, ein Schrank und ein Tisch mit einem Stuhl, - das war alles. Die beiden Fenster waren aus je acht einzelnen kleinen Scheiben zusammengesetzt, davor hingen dünne schmucklose Gardinen. Aber Laura stellte zufrieden fest, dass man die Übergardinen aus dickem dunkelblauem Stoff zuziehen konnte. Zunächst zog sie allerdings erst einmal alle Vorhänge zurück, öffnete die Fenster weit und schaute hinaus. Von hier aus konnte sie den Platz mit der Kastanie überblicken. Eine Gruppe Jugendlicher alberte herum und balgte sich. Obwohl inzwischen eine leichte Brise wehte, war die Luft noch immer warm und drückend.

Sie zog ihre Kostümjacke aus, hängte sie über die Stuhllehne und breitete, gähnend und sich streckend, die Arme aus. Sie hatte eine lange Reise hinter sich und war todmüde, nun hoffte sie, dass sie trotz der allgegenwärtigen Musik aus dem Tanzsaal und trotz des Lärms der jungen Leute würde schlafen können.

Ganz spontan änderte sie jedoch ihre Pläne. Sie hatte plötzlich Lust bekommen, hinunterzugehen und sich das Tanzvergnügen genauer anzusehen. Sie kam aus einer Großstadt, das Landleben war etwas ganz Neues und Fremdes für sie. Sie fragte sich, ob sich die Dorfjugend mangels einer Diskothek wohl genauso amüsierte wie die jungen Leute in den Städten, die sie kannte. Außerdem glaubte sie, trotz, oder gerade wegen ihrer Müdigkeit und Abgespanntheit viel zu aufgekratzt zu sein, um wirklich schlafen zu können. Der Stress der letzten Tage hatte sich noch immer nicht ganz abgebaut: Die Abschiedsfeier im Kollegenkreis, die Aufgabe ihrer Wohnung in Hannover, die Rennerei in Sachen Unterstellung der Möbel bei einer Spedition... Das alles spukte ihr noch immer im Kopf herum.

Zudem war Wallberg nun ihre neue Heimat. Wenn auch die Rivas mit diesen Leuten nicht viel Kontakt hatten, wie ihr Matthias erzählt hatte, so war es doch möglich, dass sie hin und wieder im Dorf zu tun haben würde.

Sie legte ihre Reisekleider ab und nahm aus ihrer Tasche ein leichtes knitterarmes Sommerkleid, das sie in weiser Voraussicht noch im letzten Augenblick eingepackt hatte. Sie legte es aufs Bett und suchte zunächst die Dusche am Ende des Flures auf. Danach fühlte sie sich wie neu geboren. Vor dem Spiegel über der Kommode löste sie ihr aufgestecktes Haar, bürstete die schulterlangen Locken kräftig durch und lächelte gutgelaunt ihrem Spiegelbild zu. Heute Abend wollte sie nicht mehr die gefragte Diplom-Übersetzerin und Dolmetscherin sein, die von Aufgabe zu Aufgabe eilte. Doch auch noch nicht die Frau an Matthias Rivas Seite, die von seiner Familie mit Neugier, und sicher auch mit Skepsis erwartet wurde. Nein, heute wollte sie ganz einfach nur Laura sein, eine fünfundzwanzigjährige junge und hübsche Frau, die sich unter die Dorfjugend mischte.

Im Saal herrschte lustiges Treiben. Sie blieb eine Weile am Rand der Tanzfläche stehen und beobachtete, was

11

rund um sie geschah. Die bunten Papiergirlanden, mit denen die Decke geschmückt war, mochten von der letzten Veranstaltung übriggeblieben sein. Die Musik kam aus einer alten Musikbox, und die jungen Leute versuchten sich in allen Variationen des Tanzens. Sie lachten, hopsten, und alberten herum. Einige zogen Rock'n Roll vor und legten die tollsten Figuren aufs Parkett, obwohl sie manchmal nicht recht zur Musik passen wollten, - andere schienen sich in einer anderen Welt zu bewegen, tanzten engumschlungen und rührten sich kaum von der Stelle.

„Was trinkst du?", fragte jemand hinter ihr, und als sie sich umwandte, stand da ein junger Mann, der der Kellner zu sein schien, denn er hatte sich ein rotkariertes Geschirrtuch vor die Jeans gebunden.

Laura lächelte ihn an. „Eine Cola bitte", antwortete sie.

Er zwinkerte und tippte sich an die Schläfe. „Kommt sofort."

Die Cola war eiskalt und tat gut. Laura lehnte sich gegen die Holzverkleidung an der Wand und schaute den Tanzenden zu. Und während sie hin und wieder an ihrem Glas nippte, stellte sie fest: Ob in einer Disco in der Stadt oder in einem Dorfkrug, - junge Leute wollten Spaß. Sie waren ausgelassen und albern, oder verliebt und verträumt, - überall.

Laura amüsierte sich und fühlte sich wohl mitten unter ihnen, bis dann... Sie wußte nicht, wie lange sie sich schon im Saal aufgehalten hatte, - irgendwann spürte sie fremde Blicke auf sich gerichtet. Zwischen den tanzenden Paaren hindurch, auf der anderen Seite des Tanzbodens, bemerkte sie jemanden, der unverwandt zu ihr herüberschaute. Es war ein Mann um die dreißig, und als sich ihre Blicke für Sekunden trafen, setzte ihr Herz einen Schlag lang aus, denn seine Augen waren von einem so strahlenden Dunkelblau, wie sie es noch nie zuvor gesehen hatte. Sie riss sich von diesem Blick los und widmete ihre Aufmerksamkeit einem jungen Paar, das sich, wenige Schritte vor ihr, an einem Tango versuchte und damit alle Umstehenden zum Lachen brachte. Doch ohne es zu wollen mußte sie immer wieder hinübersehen zu den dunkelblauen Augen. Sie wußte, sie sollte das nicht tun, sie sollte sie ignorieren, doch das wollte ihr beim besten Willen nicht gelingen. Unverwandt schaute dieser Mann zu ihr herüber, und immer wieder ertappte sie sich dabei, dass sie seinen Blick erwiderte.

Er trug Jeans und ein kariertes Hemd mit halb aufgerollten Ärmeln und offenstehendem Kragen. Für einen Mann war sein Gesicht ungewöhnlich hübsch, mit weichen, sanften Zügen, umrahmt von einer Fülle sehr blonder Haare. Er lächelte, wobei sein leicht geöffneter Mund sinnlich und verführerisch wirkte, er selbst schien sich dieser Wirkung jedoch gar nicht bewußt zu sein.

Laura wußte nicht, ob sie sein Lächeln erwidern sollte, entschied sich dann aber, es *nicht* zu tun. Stattdessen wandte sie sich erneut den tanzenden Paaren zu.

Doch inzwischen schien sich die Atmosphäre im Saal verändert zu haben. Sie wußte nicht, ob nur sie es so empfand, ob es daran lag, dass sie solche Tanzveranstaltungen nicht gewohnt war und nun eine Saite in ihr zum Klingen gebracht wurde, die sie bisher nicht gekannt hatte. Oder lag es daran, dass sie mit jeder Faser ihres Seins spürte, dass sie sich wahrscheinlich ein letztes Mal so jung und frei und ungebunden fühlen konnte, bevor sie endgültig Frau Riva wurde? - Vielleicht war es aber auch die Stimmung im Saal generell, die jeden einzelnen gefangennahm, bewegte und veränderte...?

So sehr sie sich auch bemühte, die blauen Augen nicht zu beachten, sie ließen sie nicht mehr los. Das sanfte Lächeln verfolgte sie und zog sie immer wieder in seinen Bann. ‚Ein *Engel mit goldenem Haar und abgrundtief blauen Augen*', dachte sie. Darüber mußte sie lächeln, und doch wußte sie im gleichen Moment, dass der Fremde dieses Lächeln als ihre Antwort werten würde. Mein Gott, sagte sie sich und schüttelte den Kopf über sich selbst, sie war doch nicht hergekommen, um mit der Dorfjugend zu flirten. Doch die Atmosphäre im Saal übte inzwischen schon eine so verzaubernde Wirkung auf sie aus, band sie so ein in eine eigenartige magische Stimmung, dass sie längst die Kontrolle verloren hatte und nichts mehr dagegen tun konnte. Musik und Rhythmus pulsierten in ihrem Inneren, die heiße schwirrende Luft nahm ihr fast den Atem. Ihr war, als träume sie... Und dann noch dieser Engel auf der anderen Seite... Ein Stich fuhr ihr in den Magen, als sie erneut zu ihm hinübersah, und ihr Herz begann heftiger zu schla-gen. Schweißperlen bildeten sich auf ihrer Stirn. Was war denn nur los mit ihr? So etwas war ihr doch noch nie passiert. Und obwohl sie versuchte, sich dagegen zu weh-ren, obwohl sie wußte, dass es das Klügste wäre, sich jetzt einfach umzuwenden und zu gehen..., so wußte sie doch auch, dass es dafür längst zu spät war. Sie verlor sich in diesem tiefen dunkelblauen Blick und alles, was sie denken konnte, war: 'Mein Gott, was macht er nur mit mir!'

14

Sie sah, wie sich der Fremde einen Weg durch die tanzenden Paare bahnte und langsam auf sie zu kam, - ihr war nicht bewußt, dass sie ihm entgegenging. Sie trafen sich in der Mitte der Tanzfläche. Seine Arme umfingen sie behutsam und zogen sie an sich, und wie in Zeitlupe, ohne zu begreifen, was sie tat, legte sie ihre Arme um seinen Hals. Der Fremde und sie, sie tanzten wie auf Wolken. Die Umgebung verschwamm, sie konnte nicht mehr denken. Nur noch fühlen.

Er roch nach Wiese und Moos, nach Kräutern, - sie wußte nicht, was es war. Aber sie mochte es. Und während sie tanzten, suchten ihre Lippen einander, seine Zunge und seine Zähne liebkosten sie. Sie waren eins, und Laura ließ es geschehen. Sie dachte nicht darüber nach, ob es richtig war, oder nicht, oder ob ihnen möglicherweise jemand zuschaute. Es wäre ihr in diesem Moment auch gleichgültig gewesen. Umschlungen tanzten sie und tanzten..., und irgendwann, - sie hatte jegliches Zeitgefühl verloren, - bewegten sie sich in Richtung Ausgang. Ohne einander loszulassen führte er sie hinaus in die Dunkelheit, und sie fanden sich auf der Rückseite des Hauses wieder. Er hob sie an den Schenkeln hoch und setzte sie behutsam auf den Sims eines zugemauerten Fensters. Ihre Beine umschlangen seinen Körper, ihre Hände verloren sich in seinem Haar. Mit der einen Hand öffnete er ihr Kleid, griff in ihren BH und streichelte ihre Brüste, die andere fuhr ihren Schenkel hinauf und streifte ihren Slip hinunter, - sie ließ es geschehen. Es war wie ein Traum. Sie ließ sich treiben vom Rausch der Sinne, hielt ihn fest, küsste ihn, während sie die Liebkosungen seiner Lippen und seiner Zunge an ihren Brustwarzen spürte. Als er in sie eindrang, gab sie einen kleinen hilflosen Laut von sich, und bei jeder seiner Bewegungen durchströmte sie tiefstes Entzücken. Mit einem leisen Schrei erlebte sie den Gipfel der Glückseligkeit...

Danach hielten sie einander noch minutenlang fest. Sie hatten kein einziges Wort miteinander gewechselt.

„Laß uns nach oben gehen, ich hab ein Zimmer hier," flüsterte sie in seinem Haar, doch er ließ sie noch immer nicht los. Seine blauen Augen schauten sie an, baten weder um Entschuldigung noch triumphierten sie. Mit einer zärtlichen Geste strich er ihr das Haar aus dem Gesicht und lächelte.

Auch Laura hatte keine Schuldgefühle. Das, was geschehen war, hatte geschehen *müssen*. Es war ihr vorbestimmt gewesen, ihn an diesem Tag, zu dieser Stunde zu treffen. Und es konnte, es durfte noch nicht zu Ende sein. Darüber nachdenken konnte sie später.

Nachdem sie ihre Kleider in Ordnung gebracht hatten, nahm sie ihn an die Hand und führte ihn zum Eingang des Wirtshauses. Im Treppenhaus brannte nur eine kleine trübe Lampe. Von der Gaststube her war das Gemurmel der Gäste zu hören, hin und wieder ein Lachen oder ein lauter Ausruf.

Laura machte dem Fremden ein Zeichen, ihr zu folgen und legte den Finger auf den Mund. Die Treppe knarrte unter ihren Schritten, aber niemand kam, um nachzusehen. In ihrem Zimmer angekommen schloss sie die Tür hinter ihm und drehte den Schlüssel herum. Sie lief zum Fenster, zog die dunkelblauen Vorhänge zu und knipste die kleine Nachttischlampe an. Im nächsten Augenblick lagen sie sich erneut in den Armen und mit zitternden

Fingern halfen sie einander aus den Kleidern.

Trotz seines hübschen weichen Gesichts hatte er muskulöse Arme und sehnige Schenkel, und man sah ihm an, dass er gewohnt war, hart zu arbeiten. Neugierig und ungeduldig erkundeten ihre Hände seinen Körper, entdeckten auf seinem linken Schulterblatt ein pfenniggroßes Muttermal, das fast einem kleinen Schmetterling glich, und lächelnd fuhr sie mit dem Finger darüber.

Sie vergrub ihre Nase in seiner Halsbeuge und sog den Geruch seiner Haut in sich ein. Sie streichelte und küsste ihn immer wieder...

Später, als sie sich erschöpft gegenüberlagen, auf die Ellenbogen gestützt, als sie einander lächelnd betrachteten und er ihr noch einmal zärtlich eine ihrer Locken aus der Stirn strich, fragte sie: „Wer bist du?"

Er tippte sich auf die Brust und sah sie fragend an, als wollte er sagen. „Du meinst, wer *ich* bin?"

„Ja."

Nun tippte er *ihr* auf die Brust.

„Jetzt fragst du, wer *ich* bin?"

Er nickte.

„Ich bin Laura", antwortete sie. Und weil sein Blick noch immer forschend auf ihren Mund gerichtet war, wiederholte sie es ganz langsam: „Laura."

Er lächelte und nickte, zeigte ihr seine gespreizten Hände und dann noch einmal zwei Finger. Sie wußte nicht gleich, was er meinte, doch dann begriff sie.

„Zwölf?", fragte sie. Auch diesmal war ein Nicken die Antwort.

Dann zeigte er den Daumen einer Hand.

„Eins?"

Das war richtig. Mit seinen Fingern zeigte er nun hintereinander eine Reihe von Zahlen: Zwölf - eins - einundzwanzig - achtzehn - eins, - dann deutete er auf sie.

„Ich?", fragte sie erstaunt. „Ich bin 'Zwölf - eins - einundzwanzig - achtzehn - eins'?"

Er nickte lächelnd.

Sie schaute ihn fragend an, doch dann verstand sie. Er hatte ihr Buchstaben aus dem Alphabet genannt. Sie zählte nach.

„Zwölf bedeutet L", stellte sie fest. „Eins bedeutet A." Sie lachte. "Dann heißt 'Zwölf - eins - einundzwanzig - achtzehn - eins' Laura."

Er lächelte.

„Okay, dann sag mir jetzt, wie du heißt."

Langsam, damit sie es mitbekam, zeigte er seine Finger. Vier - eins - vierzehn - neun - fünf - zwölf.

„Daniel. Du heißt Daniel." Laura freute sich, dass sie es herausgefunden hatte. Dann wurde sie ernst, küsste ihn behutsam auf den Mund und fragte ihn: „Bist du von Geburt an taubstumm?"

Er nickte, lächelte aber wieder, als wollte er zeigen, dass er seine Behinderung als gar nicht so schlimm empfand, und dass er ganz gut damit zurechtkam.

Sie warf einen Blick auf ihre Uhr und seufzte. „Du solltest jetzt gehen, Daniel", sagte sie. „Morgen früh werde ich abgeholt, und dann sollte ich einen ausgeschlafenen Eindruck machen." Sie sprach so, dass er sie ansehen und ihr die Worte vom Mund ablesen konnte.

Er nickte und wollte aufstehen, doch sie hatte es sich anders überlegt und hielt ihn am Arm zurück.

„Nein, warte. Bleib noch, bis ich eingeschlafen bin."

Er nickte, lehnte sich in die Kissen zurück und wies auf seine Armbeuge. Und sie löschte das Licht und kuschelte sich in seinen Arm.

Die Sonne versuchte schon, die dicken blauen Vorhänge zu durchdringen, als Laura am nächsten Morgen erwachte. Sie streckte sich und gähnte, - dann fiel ihr Daniel ein. Er war nicht mehr da. Hatte es ihn überhaupt gegeben? fragte sie sich. Oder war alles nur ein Traum gewesen? Ein berauschend schöner Traum? Oder das Resultat ihrer Fantasie, angeregt durch ihre unbewusste Angst, nun ein ganz neues Leben beginnen zu müssen, von dem sie noch nichts wußte?

Nein, es konnte kein Traum gewesen sein, denn auf dem Kissen und im Laken hing noch dieser eigenartige Duft nach Wiese und Moos. Sie schmeckte noch seine Küsse, fühlte seine Hände auf ihrer Haut...

Gleichzeitig wurde ihr klar, wie leichtsinnig sie gewesen war. Sie war in diesen Traum versunken, ohne darüber nachzudenken, welche Konsequenzen das haben konnte. Ausgerechnet sie, über die Sina oft gelacht hatte, weil sie, entgegen der Freundin, One-Night-Stands bisher immer strikt abgelehnt hatte. - Doch es war schön gewesen, sie mußte lächeln, wenn sie an ihn dachte. Nie zuvor war sie einem solchen Mann begegnet. Einem Mann, der so ganz anders war, als Matthias.

Doch was wäre, wenn sie jemand beobachtet hätte? Sie wußte, wie eifersüchtig Matthias sein konnte. Hatte er sich nicht manchmal schon darüber geärgert, wenn andere Männer sie in seiner Gegenwart nur bewundernd angeschaut hatten? Würde er die Hochzeit absagen, wenn er wüsste, was letzte Nacht geschehen war? Würde er sie wieder fortschicken?

Unsinn, beruhigte sie sich, niemand aus dem Dorf kannte sie. Und bis jemand herausgefunden hatte, dass sie diejenige war, die in Kürze die Frau Riva jun. sein würde, hätte er längst vergessen, was er gesehen hatte.

Dennoch..., sie konnte es drehen und wenden, wie sie wollte: Ein bisschen zu leichtsinnig war sie wohl doch gewesen.

Wer war Daniel überhaupt, dieser hübsche blonde Engel mit den dunkelblauen Augen? Woher kam er? War er es wert gewesen, dass sie seinetwegen möglicherweise eine vielversprechende Zukunft aufs Spiel gesetzt hatte? Sie lächelte wieder. Oh ja, er war ein Zauberer gewesen. Ein Magier. Hätte sie ihn unter anderen Voraussetzungen getroffen, sie hätte ihn niemals mehr gehen lassen. Niemals. Doch in ihrer Situation war es wohl das beste, nicht wissen zu wollen, wer er war. Wahrscheinlich würde sie ihn nie mehr wiedersehen, - doch vergessen würde sie ihn wohl nie.

Nachdem sie geduscht, sich frisiert und wieder in das rote Sommerkostüm geschlüpft war, packte sie ihre Sachen zusammen, ging hinunter in die Schankstube und bestellte sich einen Kaffee. Bis auf zwei alte Männer, die in einer Ecke saßen und Zeitung lasen, waren noch keine Gäste da.

„Ein Hörnchen gefällig?", fragte der Wirt. Er hatte schon wieder, - oder immer noch? - einen Zigarrenstummel zwischen den Zähnen.

Laura warf einen schnellen Blick auf das Brotkörbchen

auf der Theke. Die Backwaren darin dufteten und schienen frisch zu sein, und sie hatte Hunger.

„Ja, gern", sagte sie. Das Letzte, was sie gegessen hatte, war eine Bratwurst gewesen, die sie sich am Abend zuvor schnell auf dem Bahnhof von Ossfelden gekauft hatte, bevor es mit der Kleinbahn nach Wallberg weitergegangen war.

Die breite Schiebetür, die von der Gaststube in den Tanzsaal führte, stand offen, und während Laura aß und ihren Kaffee trank, beobachtete sie die Frau, die mit Besen, Eimer und anderen Putzutensilien bewaffnet dort hantierte, wo sich am Tag zuvor das Jungvolk amüsiert hatte. Noch einmal seufzte sie tief. Das war gestern gewesen, das war vorbei. Heute war ein neuer Tag, und heute würde sie endlich Matthias' Familie kennenlernen. Sie schaute auf ihre Armbanduhr, Matthias hatte seinen Bruder für halb zehn Uhr angekündigt, er konnte jeden Augenblick hier sein. Sie stand auf und bezahlte ihre Rechnung.

"Vielen Dank, schöne Frau, beehren Sie uns mal wieder", grinste der Wirt.

Sie lachte. "Das wird wohl nicht mehr nötig sein", meinte sie und setzte sich noch einmal, um den letzten Bissen ihres Hörnchens zu verzehren und ihre Tasse leerzutrinken.

Draußen hörte man jemanden die Klinke der Haustüre hinunterdrücken. Sie griff nach ihrer Tasche, doch als sich die Tür zur Gaststube öffnete, kam kein junger Mann herein, sondern eine junge Frau mit feuerrotem Haar, großen Creolen und einem Piercing in der rechten Augenbraue. Sie trug Jeans und eine schwarze Lederjacke mit Achselklappen.

Der Wirt nickte ihr flüchtig zu, und Laura setzte sich wieder. Die junge Frau kam jedoch geradewegs auf sie zu. „Hey, bist du Laura?"

Erstaunt blickte sie auf. „Ja, die bin ich"

Die Rothaarige streckte ihr die Hand entgegen. „Ich bin Jenny. Matthias hat uns beauftragt, dich abzuholen."

Laura wunderte sich, sie hatte sich die Mitglieder der Riva-Familie ganz anders vorgestellt.

Sie erwiderte den Händedruck. „Nett, dich kennenzulernen, Jenny. Ich hatte eigentlich Matthias' Bruder Michael erwartet."

Jenny lachte. „Der sitzt draußen im Wagen, er wollte nicht mit reinkommen." Sie nahm Lauras Tasche auf. „Komm, lassen wir ihn nicht warten."

Vor dem *Dorfkrug* parkte ein heller Combi, ein junger Mann stieg aus, als er die beiden Frauen kommen sah. Das also war Michael, - auch ihn hatte sich Laura ganz anders vorgestellt. Statt eines makellosen Äußeren, statt Anzug und Krawatte, wie sie es von Matthias gewohnt war, trug er einen Dreitagebart und sportlich legere Kleidung. Sein Haar war heller, als das seines Bruders, dazu leicht gelockt und viel zu lang, um korrekt zu wirken.

„Hallo, ich bin Michael", stellte er sich vor, während er Laura die Wagentür aufhielt und ihr die Hand schüttelte. „Ich hoffe, du hattest eine gute Reise."

„Oh ja, danke."

„Und das Zimmer im Dorfkrug?", wollte Jenny wissen, „war das in Ordnung? Hast du gut geschlafen?"

Laura stutzte. War da eine Anspielung herauszuhören? fragte sie sich. Sollte jemand aus dem Dorf den Rivas ihr

Missverhalten bereits gemeldet haben?

„Ich habe wunderbar geschlafen, danke." Erhobenen Hauptes setzte sie sich in den Fond des Wagens. Noch war sie nicht verheiratet, dachte sie trotzig, noch konnte sie tun und lassen, was sie wollte und war niemandem Rechenschaft schuldig. Außer Matthias vielleicht. Doch selbst, wenn er etwas herausbekommen sollte... Sie konnte die Geschichte ein wenig anders erzählen, als sie sich wirklich zugetragen hatte. Doch am besten wartete sie erst einmal ab, ob es tatsächlich konkrete Anschuldigungen gegen sie gab, bevor sie sich eine Verteidigungsstrategie zurechtlegte.

Neben ihr auf dem Rücksitz war ein Kindersitz angebracht. „Für wen ist denn der?", erkundigte sie sich.

Jenny auf dem Beifahrersitz schaute sich nach ihr um. „Das ist der Thron von unserem Sebastian. Er ist jetzt zwei."

„Schade, dass ihr ihn nicht mitgebracht habt."

„Unsere Tochter Sandra ist bei ihm geblieben, sie hatte keine Lust, mitzukommen." Sie hob die Schultern. „Sie ist schon zwölf, und die Zeiten, in denen sie gern mit uns spazieren fuhr, sind längst vorbei. Mit Müh und Not haben wir sie dazu bewegen können, mit uns in Urlaub zu fahren, viel lieber hätte sie zusammen mit ihren Freundinnen etwas unternommen." Sie schnallte sich an. „Aber dazu ist sie uns einfach noch zu jung. Wir waren auf Mallorca, das hat ihr dann aber auch ganz gut gefallen."

„Wir sind gestern erst zurückgekommen", mischte sich Michael ein. „Zum Glück hab ich noch ein paar Tage zum Verschnaufen, bevor ich wieder in die Kanzlei muß."

Laura dachte daran, wie sehr auch Matthias stets seine

freien Tage ohne Gesetzesbücher und Prozessakten genoss.

„Ab Montag herrscht wieder Anzugspflicht und ein glattrasiertes Kinn", meinte Jenny, und an ihren Mann gewandt fügte sie hinzu: „Und zum Friseur solltest du auch vorher, sonst laufen dir die Mandanten davon."

Michael nickte und startete den Wagen. „Nach dem Urlaub ist es immer verdammt schwer, sich wieder an die Arbeit zu gewöhnen. Eigentlich hätte ich gestern schon an Matthias' Seite sein sollen, ist ein ziemlich kniffeliger Fall, den wir da gerade am Hals haben. Aber...", er lachte, „der Boss hat ein Auge zugedrückt und mir noch ein paar Tage Aufschub gewährt. Und ehrlich gesagt, ich bin froh drum."

Während Michael den Wagen über eine schmale Straße aus dem Dorf hinaus lenkte, schaute Laura neugierig aus dem Fenster. Die Landschaft um Wallberg herum gefiel ihr gut. Rechts und links gab es Kornfelder, grüne Weiden von kleinen Wasserläufen durchzogen und mit Bäumen bewachsenen Erhebungen. Und schließlich führte die Straße geradewegs auf eine Hügelkette zu, wo auf einer der Anhöhen, - wie ein kleines Schloss, - das Herrenhaus der Rivas stand.

Laura atmete tief ein. 'Meine neue Heimat', dachte sie, 'mein neues Zuhause.'

Ihr Herz klopfte heftig vor Aufregung und Neugier.

'Mein neues Leben mit Matthias.'

2.

Das Haus der Rivas war im 18. Jahrhundert von einem Grafen erbaut worden. Hundert Jahre später sahen sich seine Nachkommen allerdings gezwungen, es zu verkaufen, weil ihnen das Geld ausgegangen war. Die Vorfahren der Rivas, die schon damals zur Geldelite der Gegend gehört hatten, erwarben es, retteten es Schritt für Schritt vor dem Verfall und machten es zu ihrem Wohnsitz.

Im Grunde war es nicht das Haupthaus, das die Größe des Anwesens ausmachte. Der Grundriss glich einem U, und erst die Flügel, die rechts und links an das Hauptgebäude anschlossen und die Wohnungen der Familienmitglieder beherbergten, machten es zu einem recht imposanten Bauwerk. Die Straße, die vom Dorf heraufkam, führte an der breiten Freitreppe vorüber, bog dann um den Ost-flügel herum und endete vor diversen Wirtschaftsgebäuden, Schuppen und Garagen.

Michael hielt vor dem Hauptportal, ließ die beiden Frauen aussteigen und stellte die Tasche des Gastes auf den Treppenstufen ab, bevor er den Wagen in die Garage fuhr.

Laura blickte staunend die Fassade hinauf. Ihr kam das Gebäude größer vor, als sie es aufgrund der Fotos, die ihr Matthias gezeigt hatte, erwartet hatte, und das, obwohl die Seitenflügel von der Straße aus noch gar nicht recht zu sehen waren.

Sie zuckte ein wenig zusammen, als sie die Hausherrin oben auf der Treppe stehen sah.

Mathilda Riva war eine großgewachsene schlanke Frau in den Sechzigern. Ihr weißes Haar und der ein wenig steife Gang, mit dem sie nun die Stufen herabgeschritten kam, verliehen ihr eine gewisse Würde und einen Hauch von Unnahbarkeit. Sie trug ein schmales einfaches Kleid in Dunkelblau, ein Medaillon an einem dünnen goldenen Kettchen war der einzige Schmuck, den sie sich zugestanden hatte. Sie kam auf Laura zu und streckte ihr die Hand entgegen.

„Herzlich willkommen auf Riva", sagte sie. Zwar nicht unfreundlich, doch auch nicht mit der Herzlichkeit, die sich Laura gewünscht hätte. Mit abschätzendem Blick musterte sie die zukünftige Schwiegertochter, ließ sich jedoch nicht anmerken, ob sie mit dem, was sie sah, zufrieden war oder nicht. Dennoch rang sie sich ein dünnes Lächeln ab, was Jenny, die sich im Hintergrund gehalten und die Szene neugierig beobachtet hatte, durchaus als positives Zeichen wertete.

„Ich hoffe, du wirst dich sehr wohlfühlen in deinem neuen Heim", sagte die alte Dame.

Laura bedankte sich höflich. Sie überlegte, ob sie sie mit Frau Riva ansprechen sollte, beschloss dann aber, zunächst einmal jegliche Anrede zu vermeiden.

Der Hausherrin war ein großer schwarzer Hund gefolgt, der nun schwanzwedelnd und neugierig um Laura herumstrich. Das half ihr, ihre leichte Befangenheit zu überspielen.

„Wer bist denn du?", fragte sie und hielt dem Tier ihre

Hand hin, um ihm Gelegenheit zu geben, zu schnuppern. Vorsichtig versuchte sie, ihn zu streicheln, und er schien nichts dagegen zu haben.

„Das ist Moritz", antwortete Jenny hinter ihr. „Wenn du dich mit ihm gutstehst, kann dir in diesem Hause nichts Böses widerfahren."

Mathilda warf ihr, trotz eines verhaltenen Lächelns, einen tadelnden Blick zu. „Niemandem wird in diesem Hause Böses widerfahren", sagte sie.

Sie legte Laura flüchtig die Hand auf den Arm. „Komm, mein Kind. Gehen wir in meinen Salon und reden miteinander, damit wir uns ein wenig kennenlernen."

„Gern", antwortete die Angeredete und folgte ihr, wobei ihr nicht entging, dass Jenny hinter dem Rücken der Schwiegermutter die Augen gen Himmel hob und zwinkerte.

Mathilda blieb noch einmal stehen und schaute sich nach Jenny um. „Ihr werdet doch auch zum Essen kommen? Ich habe Theresa angewiesen, im Speisesaal für alle zu decken."

„Aber ja, wenn das so ist. Das lassen wir uns natürlich nicht entgehen", meinte Jenny, und an Laura gewandt fügte sie hinzu: „Dann sehen wir uns ja beim Mittagessen im Speisesaal. Vielleicht können wir später bei uns noch einen Kaffee trinken, wir wohnen im Westflügel. Ich denke, dass auch *wir* uns ein bisschen kennenlernen sollten."

Laura hatte die leichte Spannung zwischen den beiden Frauen bemerkt. Sie mußte also auf der Hut sein, um weder die eine noch die andere gegen sich einzunehmen, dachte sie sich. Sie wünschte, Matthias wäre an ihrer

Seite gewesen, das hätte es für sie etwas leichter gemacht.

„Danke", sagte sie und erwiderte Jennys Lächeln.

Die große Eingangshalle ließ Laura einen Moment lang den Atem anhalten. Der Fußboden im Eingangsbereich war in kreisförmigem Ornament aus hellem und dunklem Marmor verlegt. Rechts und links davon führten zwei hohe Kassettentüren in die Seitenflügel, und über die breite Marmortreppe in der Mitte, die von zwei dicken Säulen flankiert wurde, erreichte man eine Balustrade, die in die Räume der oberen Etage führten.

Laura war tief beeindruckt. Sie verstand nun, warum sie von Anfang an gespürt hatte, dass Matthias etwas ganz Besonderes war. Sein makelloses Äußeres, sein selbsbe-wußtes Auftreten, sein charmantes, zuvorkommendes Wesen, das alles passte hierher in dieses Haus, in diese Familie. Und sie war stolz darauf, nun auch bald dazuzugehören. Gleichzeitig fragte sie sich, wie es die kleine lebhafte Jenny, die etwas aus der Reihe zu tanzen schien, geschafft haben mochte, hier aufgenommen zu werden.

Der Salon der Schwiegermutter in spe wirkte weder altmodisch noch modern. Alte wertvolle Möbel waren kombiniert mit zweckmäßigen Stücken, kostbare Gegenstände hatten ebenso ihren Platz gefunden wie Alltägliches oder einfach nur Schönes.

Nachdem Mathilda in einem Sessel Platz genommen hatte, wies sie auf die Couch. „Setz dich, mein Kind", sagte sie. „Du wirst hungrig und durstig sein nach der langen Reise.“

„Ich habe im *Krug* einen Kaffee getrunken und eine Kleinigkeit gegessen, bevor mich Jenny und Michael abgeholt haben“, antwortete Laura. Sie fürchtete, auch Mathilda könnte sie fragen, ob sie ein hübsches Zimmer gehabt und gut geschlafen habe, doch die alte Dame fragte nicht. Sie mochte davon ausgehen, dass eine Kammer in einem Gasthaus einem Vergleich mit den Räumen des Herrenhauses ohnedies nicht standhalten konnte.

„Leider haben wir uns nicht schon viel früher getroffen.“

Sie versuchte nicht, ihr Interesse an der Braut ihres Sohnes zu verbergen, musterte sie ganz offen und mit wachem, prüfendem Blick.

Laura verstand das. Wie mochte einer Mutter zumute sein, wenn sie plötzlich mit einer Schwiegertochter konfrontiert wurde, die sie nie zuvor gesehen hatte, und von der sie nicht allzu viel wußte? Wie groß war vielleicht auch ihre Angst, den Sohn nun endgültig an diese andere Frau zu verlieren?

Sie nickte. „Es war zeitlich einfach nicht möglich. Aber Matthias hat mir viel von seiner Familie und von seinem Zuhause erzählt.“

„Uns hat er auch sehr viel von dir erzählt, und wir haben uns ganz auf sein Urteil verlassen.“ Sie lächelte. „zu Recht, wie man nun sieht.“

Laura lächelte artig zurück. Sie fühlte sich ein wenig befangen in der Gesellschaft der alten Dame, hoffte aber, dass sich das im Laufe der Zeit geben würde.

Eine junge Frau kam mit einem Tablett herein und

servierte Tee und leichtes Gebäck.

„Oder hättest du lieber eine Limonade gehabt? Oder ein Wasser?", fragte Mathilda ihren Gast, während sie eine Tasse zu ihr hinüberschob.

„Nein danke, das ist schon in Ordnung."

„Das ist übrigens Theresa", stellte Mathilda die junge Frau vor. „Sie ist der gute Geist in unserem Hause. Wenn du irgendeinen Wunsch hast, wenn etwas fehlt, oder wenn du etwas geändert haben möchtest, dann sage es ihr, sie wird sich darum kümmern." Sie schaute die junge Frau lächelnd an. „Nicht wahr, Theresa?" Und wieder an Laura gewandt fuhr sie fort: „Per Handy ist sie jederzeit zu erreichen. Ihre Nummer findest du auf der Liste im Gästezimmer."

Theresa verzog den Mund ein wenig, als bemühe sie sich, zu lächeln. Sie war weder hässlich, noch besonders hübsch. Aufgrund ihres nichtssagenden Gesichtsausdrucks und einer Art Uniform, die sie trug, - ein hellblaues Kleid mit einer weißen Schürze, - war ihr Alter schlecht zu schätzen, und es war schwer, sie einem speziellen Mädchentypus zuzuordnen. Ihr dunkles Haar trug sie altmodisch zu einem Zopf geflochten, den sie um den Kopf gelegt hatte.

Als sie gegangen war, begann Mathilda Riva ihrer zukünftigen Schwiegertochter Fragen zu stellen, und Laura bemühte sich, sie zu beantworten, soweit es ihr möglich war. Und soweit sie es für angemessen hielt.

„Matthias hat uns erzählt, dass du deine Eltern sehr früh verloren hast."

„Ich war vierzehn damals. Sie sind bei einem Verkehrsunfall ums Leben gekommen."

„Das muß eine sehr schlimme Zeit für dich gewesen sein. Hattest du jemanden, der sich um dich gekümmert hat?"

„Ja, meine Großmutter. Doch zwei Jahre später starb auch sie, und ich war ganz auf mich gestellt."

„Gab es denn keine Tanten oder andere Verwandte, die deine Erziehung hätten in die Hand nehmen können?"

Laura lächelte flüchtig. „Nein. Zumindest keine, denen ich mich anvertraut hätte."

„Heißt das, du hast ganz allein gewohnt und hast dich auch allein versorgt? Das ist viel verlangt von einem jungen Mädchen dieses Alters."

„Ich habe mich mit einer Freundin zusammengetan, ihr war es ähnlich gegangen, wie mir. Wir haben uns eine kleine Wohnung geteilt, dadurch fühlte sich keine von uns allein. Im Prinzip ging aber jede von uns ihren eigenen Weg und war für sich selbst verantwortlich."

Mathilda schwieg einen Augenblick lang, sie schien sich den Haushalt der beiden unmündigen Mädchen vorzustellen.

„Ich ging noch zur Schule, fuhr Laura fort, „aber ich hatte von Anfang an ein festes Ziel vor Augen: Ich wollte ein gutes Abitur machen und danach Sprachen studieren. Dafür habe ich alles getan."

„Ich hoffe, du hattest auch ausreichend finanzielle Unterstützung?"

Laura blockte ein wenig ab. „Ich habe in jeder freien Minute gejobbt. Durch mein Studium wurden meine Sprachkenntnisse immer besser, und schon damals habe ich mir durch Übersetzungsarbeiten etwas dazu verdient."

Mathilda nickte, es sah aus, als sei sie zufrieden mit dem, was sie gehört hatte.

„Du scheinst ein sehr tapferes Mädchen gewesen zu sein. Es ist gut, wenn eine junge Frau heutzutage genau weiß, was sie will", sagte sie. „Ich denke, Matthias hat eine gute Wahl getroffen."

Zum Mittagessen erwartete man die Familie im Speisesaal, einem großen Raum mit hoher Stuckdecke und Türen, die auf eine Terrasse hinausführten. Einen Augenblick lang blieb Laura am Eingang stehen und schaute sich voller Bewunderung um. Nicht nur der Raum an sich faszinierte sie durch die hübsche, halbhohe Holzvertäfelung, die alten Gemälde in den vergoldeten Rahmen und die mächtigen Kronleuchter an der Decke, sondern auch die lange Tafel, die an Festtagen mindestens dreißig Personen Platz bieten konnte, versetzte sie in Staunen. Heute allerdings blieben die meisten der Plätze leer, es war nur für acht Personen gedeckt.

Matthias und sein Vater waren noch nicht aus Heidelberg zurück, deshalb war Laura neugierig, wer außer den Familienmitgliedern, die sie schon kannte, noch zum Essen erscheinen würde.

Unschlüssig schaute sie sich um, sie wußte nicht, wohin sie sich setzen sollte.

Mathilda hatte sie beobachtet und quittierte ihr Staunen mit einem fast unmerklichen aber stolzen Lächeln. Sie nahm Lauras Arm und führte sie an das Ende der Tafel, wo sie sich auf den Stuhl setzte, der der Stirnseite am nächsten war.

„Komm, mein Kind, setz dich zu mir", sagte sie wohlwollend und wies neben sich. Mit einem Hinweis auf die Stirnseite meinte sie: „Dies ist der Platz des Hausherren, und uns gegenüber, an seiner linken Seite, sitzt normalerweise Matthias als sein ältester Sohn."

Obwohl Laura sehr beeindruckt war, fühlte sie sich nicht sonderlich wohl. Falls derartige Gepflogenheiten wie gemeinsames Essen mit strenger Sitzordnung im Hause Riva zum täglichen Ritual gehören sollten, wußte sie nicht, wie lange sie das würde ertragen können. Sie wollte ihr eigenes Leben führen und nicht nur ein Rädchen im Getriebe einer Großfamilie sein. Sie nahm sich vor, mit Matthias darüber zu reden.

Allmählich fanden sich auch die übrigen Familien-mitglieder ein: Michael und Jenny mit ihren beiden Kindern, eine betagte Tante des Familienober-hauptes und deren Pflegerin, eine adelige Dame, deren Namen Laura nicht verstanden hatte.

Jenny und die Kinder brachten ein bisschen Wirbel und Normalität mit sich, denn die zwölfjährige Sandra war schlechtgelaunt und maulte, weil sie keine Zeit mehr gehabt hatte, ihr neues T-Shirt anzuziehen, und der zweijährige Sebastian klopfte ungeduldig lärmend mit seinem Löffel auf den Teller. Jenny gab sich alle Mühe, beide zu beschwichtigen, ihr war nicht entgangen, dass die Schwiegermutter bereits mit leisem Vorwurf zu ihnen herüberschaute. Das allerdings schien sie nicht weiter zu stören, denn lachend und in aller Ruhe nahm sie Sebastian den Löffel aus der Hand, versteckte ihn unter einer Serviette und fuhr dann ihrer Tochter liebevoll über die Wange. „Nach dem Essen, Schätzchen, versprochen."

Sie winkte Laura zu. „Wie du hörst und siehst haben unsere Beiden ihre ganz eigene Art, sich vorzustellen", sagte sie lachend. Sandra war verlegen geworden und warf dem neuen Familienmitglied einen schelmisch lächelnden Blick zu, den Laura mit einem Zwinkern erwiderte.

Inzwischen hatte Theresa begonnen, das Essen aufzutragen, und die Kinder machten lange Hälse, schon bevor alle Schüsseln auf dem Tisch standen. Auch das schien Mathilda nicht sonderlich zu gefallen. Obwohl sie schwieg, behielt sie ihre Enkel doch fest im Blick.

„Einen guten Appetit!", rief jemand, und alle anderen dankten und stimmten mit ein.

Mathilda neigte sich ein wenig zu Laura hinüber. „Einen guten Appetit, mein Kind."

„Danke", antwortete Laura, blickte in die Runde und nickte allen zu. „Danke. Einen guten Appetit."

Matthias' Appartement lag im Ostflügel. Obwohl es sich um einen in sich abgeschlossenen Wohnbereich handelte, war die Tür meistens unverschlossen. Er hatte angeordnet, dass man Laura zunächst das Gästezimmer richtete, das etwas abseits der Wohn- und Schlafräume lag.

Theresa, die Laura mit unbewegter Miene geführt hatte, öffnete die Tür und ließ sie eintreten.

„Danke, Theresa."

Die junge Frau neigte fast unmerklich den Kopf und zog sich wieder zurück.

Laura schaute sich im Zimmer um. Im Gegensatz zu Mathildas Salon und dem pompösen Speiseraum war es einfach aber modern eingerichtet, mit hellen praktischen Möbeln und einer mit dunkelrotem Stoff bezogenen Couchgarnitur. Der Teppich und die hübschen Vorhänge vor den beiden Fenstern, die in einen parkartigen Garten hinausschauten, waren farblich auf die Polster abgestimmt. Es gefiel ihr, dass dieser Raum einmal ihr Arbeitszimmer werden sollte. In einigen Tagen würden ihre Möbel aus Hannover kommen und mit ihnen ihr Computer und die Arbeitsunterlagen. Sie ging davon aus, dass sie nach der Hochzeit, also in etwa vierzehn Tagen, bereits soweit sein würde, ihre Arbeit wieder aufnehmen zu können. Die Zusage ihres Chefs, von Wallberg aus Aufträge für das Übersetzungsbüro erledigen zu dürfen, war ausschlaggebend dafür gewesen, dass sie Matthias' Vorschlag, so bald wie möglich zu heiraten und ihm ins Herrenhaus zu folgen, so schnell akzeptiert hatte.

Ihre Flitterwochen wollten sie im Spätherbst mit einem Ski-Urlaub verbinden, bis dahin würde sich auch Matthias für eine Weile von seinen Aufgaben in der Kanzlei freimachen können.

Theresa, oder ein anderer dienstbarer Geist hatte Lauras Tasche vor einem der Schränke abgesetzt. Sie hatte gerade damit begonnen, sie auszupacken und sich nach einem geeigneten Platz für den Inhalt umzusehen, als ihr Handy klingelte. Es war Matthias.

„Hallo Schatz." Er klang gutgelaunt. „Bist du gut angekommen?"

Laura freute sich, seine Stimme zu hören. „Oh ja, alles hat bestens geklappt. Michael und Jenny haben mich heute früh abgeholt, und vorhin haben wir alle zusammen in dem faszinierenden Speisesaal zu Mittag gegessen."

Matthias lachte. „Er ist beeindruckend, nicht wahr? Er wird immer sehr bewundert, wenn wir Gäste haben."

Er machte eine kurze Pause, dann fragte er: „Und wie war die erste Begegnung mit Mutter? Ich wette, du hast einen sehr guten Eindruck auf sie gemacht."

„Wir müssen uns erst noch ein bisschen besser kennenlernen und aneinander gewöhnen", antwortete sie. „Aber ja, sie war sehr nett zu mir, daher glaube ich schon, dass sie mich mag."

„Was nicht sonderlich schwer ist." Matthias lachte wieder, dann fragte er: „Was machst du denn jetzt gerade?"

„Theresa hat mich in mein zukünftiges Büro geführt. Es ist sehr schön. Und nun bin ich dabei, meine Tasche auszuräumen."

„Du kannst das Zimmer ganz und gar in Beschlag nehmen, es gehört dir. Vater und ich werden so gegen fünf Uhr zu Hause sein, dann zeige ich dir alles andere. Vielleicht können wir uns ja schon mal überlegen, wo und wie wir deine Möbel unterbringen, wenn sie ankommen. - Ach Laura, Schatz, du glaubst nicht, wie sehr ich mich freue, dass du jetzt hier bist."

„Ich freue mich auch, Matthias. Ich kann es kaum erwarten, dich endlich zu sehen."

„Es dauert nicht mehr lange. Deine erste Nacht auf Riva...", er lachte leise, „die wird etwas ganz Besonderes werden."

„Ja, bestimmt."

Laura mußte flüchtig an die Nacht im Dorfkrug denken, schob die Erinnerung daran aber schnell wieder fort.

„Ich muß Schluß machen, Liebes", sagte Matthias, „die Arbeit ruft. Also bis später."

„Ja, bis später."

Als er aufgelegt hatte, ließ sich Laura in einen der Sessel fallen. Jetzt war sie also bei Matthias im Riva-Haus. Zusammen mit ihm würde sie ihr neues Leben gestalten, so, wie sie beide es sich vorstellten. Daran würde auch Mathilda mit ihrem vornehmen Salon, dem pompösen Speisesaal und der strengen Sitzordnung nichts ändern. Sie würde keine Theresa brauchen, um ihren Haushalt in Ordnung zu halten, keine Köchin, die für Matthias und ihre Gäste kochte. Und dieses hübsche Zimmer, - sie schaute sich zufrieden um, - würde ihr Arbeitszimmer werden und ihr ganz persönlicher Bereich sein. Dafür war sie Matthias dankbar.

Sie seufzte tief. Es hatte gutgetan, seine Stimme zu hören, sie war ein Funken Vertrautheit in der neuen noch fremden Welt gewesen.

Als es kurz darauf klopfte, glaubte sie, Mathilda würde ihr einen Besuch abstatten. Unbewusst richtete sie sich auf, gewappnet für alles, was da kommen mochte. Doch es war ein feuerroter Kopf, der nach ihrem „Herein!" durch den Türspalt schaute.

„Störe ich?", fragte Jenny, als sie eintrat. Inzwischen trug sie Leggings und ein weites loses T-Shirt mit buntem Aufdruck auf der Brust.

„Aber nein. Ich habe gerade meine Tasche ausgepackt", sagte Laura. „Und vor einigen Minuten hat Matthias angerufen. Ich kann es kaum erwarten, bis er nach Hause kommt."

Jenny setzte sich lächelnd. „Ich kann mir vorstellen, wie

glücklich ihr sein werdet, endlich wieder zusammen-zusein."

Laura nickte. „Und so lange!", lachte sie. „Bisher hatten wir bestenfalls ein oder zwei gemeinsame Wochen. Jetzt wird es für immer sein."

„Habt ihr euch nicht beim Plombier-Prozess kennengelernt, Matthias und du? Er hat uns davon erzählt. Ich war damals froh, dass das Los nicht auf Mike gefallen ist und er nicht nach Hannover reisen mußte", gab sie zu.

Laura beobachtete sie, sie mochte ihr lebhaftes unkompliziertes Wesen. Sie war etwas kleiner und zierlicher, als sie selbst, hatte ein hübsches ebenmäßiges Gesicht, in dem keine einzige Sommersprosse zu entdecken war, woraus Laura schloss, dass das Rot ihres Haares nicht der natürlichen Farbe entsprach. Doch es passte zu ihr.

„Ich war damals als Dolmetscherin bei dem Prozess dabei", beantwortete sie Jennys Frage, „und wie es manchmal so ist: Man geht in den Pausen schnell miteinander was essen, kommt ins Gespräch... Zuerst auch zusammen mit den anderen Kollegen..." Sie lachte. „Schließlich waren wir dann nur noch alleine, und später haben wir uns auch abends getroffen und sind zusammen ausgegangen..."

„Ich freu mich, dass er dich gefunden hat. Ich glaube, wir beide werden gut miteinander auskommen."

„Das glaube ich auch."

„Zuerst dachte ich immer..."

„Ja?"

„Ich habe immer befürchtet, Matthias würde niemals

die richtige Frau finden."

„Warum denn das?"

„Er ist sehr eigen und penibel, und es ist schwer, ihm alles rechtzumachen. Vielleicht ist dir das selbst schon aufgefallen. Mikey ist da ganz anders, er ist viel lockerer und spontaner, das ist auch der Grund dafür, dass die beiden schon mal aneinandergeraten können."

Sie hob die Schultern. „Versteh' mich nicht falsch..."

Laura nickte. „Ich weiß schon, was du meinst. Matthias ist in allem sehr korrekt, er hat seine festen Grundsätze und Prinzipien, von denen er nicht gern abweicht."

Jenny nickte. „Und dadurch wirkt er manchmal stolz und unnahbar. Und ein bisschen humorlos. - Obwohl du ihn sicher auch von einer ganz anderen Seite kennengelernt hast."

Laura mußte lachen. „Oh ja, er kann auch sehr spaßig und lustig sein."

„Ich wollte damit nur sagen, er gleicht Mutter viel mehr, als Mike."

„Mutter? - Es ist seltsam, dass ihr von 'Mutter' sprecht, wenn ihr sie erwähnt. Mir ist das bei Matthias schon aufgefallen. Nennt ihr sie auch so, wenn ihr mit ihr redet?"

„Ja, sie will es so. Sie mag es nicht, wenn man sie 'Mama' nennt. Ich habe das am Anfang gemacht, weil ich es von zu Hause her so kannte, sie hat mich aber gleich darauf hingewiesen, dass sie das nicht möchte. Die Kinder dürfen auch nicht Oma oder Omi zu ihr sagen. Sie ist die 'Großmutter'."

„Und der Schwiegervater?"

Jenny hob die Schultern. „Ich glaube nicht, dass es ihm

etwas ausmachen würde, würde man ihn 'Papa' nennen. Aber da sie die 'Mutter' ist, ist er eben der 'Vater'."

Laura seufzte. „Ich hoffe, dass ich mich möglichst schnell an alles gewöhnen kann."

„Das wirst du. Und wenn du Hilfe brauchst oder Fragen hast, dann bin ich ja auch noch da."

„Danke, Jenny, das ist lieb von dir. Es ist wichtig für mich, hier jemanden zu haben, an den ich mich wenden kann, wenn Matthias den ganzen Tag über in der Kanzlei ist."

„Das verstehe ich. Und jetzt komm, ich wollte dich eigentlich zum Kaffee abholen."

Laura atmete auf, als sie Jennys Zuhause im Westflügel betrat. Trotz der hübschen Stuckdecke im Wohnzimmer war dort nichts mehr zu spüren von der Herrenhaus-Atmosphäre, die sie doch ein wenig bedrückt hatte. Das Gekreische des kleinen Sebastians, der auf dem Fußboden mit seinen Autos spielte, hallte ihnen schon von weitem entgegen, verstreut herumliegende Spielsachen versperrten den Weg, und von dem Becher Milch, der auf dem Tisch stand, war die Hälfte verkleckert. Sandra hatte sich inzwischen das neue T-Shirt angezogen und ihr altes achtlos auf einen Stuhl geworfen, darunter lagen ihre Sandalen so, wie sie ihr von den Füßen gefallen waren, als sie sich zum Lesen in einem Sessel eingerollt hatte.

„Oh mein Gott, wie's hier wieder aussieht", seufzte Jenny. „Man braucht nur mal fünf Minuten weg zu sein..." Und an Laura gewandt meinte sie: „Sieh zu, dass du irgendwo ein Plätzchen findest und setz dich. Ich kümmere mich solange um den Kaffee."

Laura wandte sich an Sandra, die den Kopf gehoben hatte, als sie hereingekommen waren. „Was liest du denn Schönes?"

Statt einer Antwort hielt ihr das Mädchen das Buch hin, damit sie den Titel lesen konnte. „Ah, das kenne ich, das habe ich früher auch gelesen. Gefällt's dir?"

„Ja, ist echt spannend."

Dann ging Laura neben Sebastian in die Hocke und strich ihm über den Blondschopf. „Formel eins, was?"

Der Kleine schaute sie verwundert an, er verstand nicht, was sie meinte. Noch nicht. Aber Sandra im Sessel mußte lachen.

Währenddessen hörte man Jenny in der Küche hantieren. Laura stand auf, klopfte an die nur angelehnte Tür und drückte sie ein wenig weiter auf. „Darf ich dir Gesellschaft leisten, Jenny? Oder kann ich dir etwas helfen?"

„Komm nur herein, ich bin gleich soweit."

Sie war gerade dabei, die Maschine einzuschalten und stellte die Kaffeedose zurück in den Schrank.

„Jenny, darf ich dich mal was fragen?"

„Ja, sicher."

„Ist es eigentlich üblich, dass an jedem Tag alle miteinander im Speisesaal zu Mittag essen?"

Jenny lachte auf. „Du lieber Himmel, das würde mir gerade noch fehlen. Nein, nein, keine Angst, das war nur heute so, wahrscheinlich dir zu Ehren. Normalerweise gibt's das nur an Feiertagen, oder wenn Verwandte zu Besuch kommen. Manchmal sind auch Geschäftsfreunde aus der Kanzlei zu Gast, aber das kommt nicht sehr häufig vor."

Laura konnte nicht umhin, erleichtert aufzuatmen. „Gott sei Dank! Ich dachte schon, man hätte hier gar kein Eigenleben mehr."

Jenny schüttelte den Kopf. „Nein, nein", wiederholte sie, „normalerweise essen nur die Schwiegereltern und die beiden alten Damen dort. Und bisher manchmal Matthias. Er hat zwar drüben eine eigene Küche, - eine sehr schöne sogar, - doch die benutzt er nur äußerst selten. Da setzt er sich lieber zu den Eltern an den Tisch und lässt sich von Theresa bedienen. Aber jetzt, wo du da bist..."

Sie rieb die Arbeitsfläche trocken, hielt einen Augenblick inne und beugte sich ein wenig zu Laura hinüber.

„Übrigens", flüsterte sie, „vor Theresa mußt du dich in Acht nehmen. Bis vor kurzen hat sie wohl immer noch im Stillen gehofft, dass eines Tages *sie* die Frau Riva junior werden könnte."

Laura war überrascht. „Theresa?"

„Ja, Theresa." Jenny nickte mit gerunzelter Stirn. „Sie ist nämlich gar nicht das stille devote Seelchen, das sie immer zur Schau trägt. Sie hat es faustdick hinter den Ohren. Und nun, da du hier bist und eure Hochzeit bevorsteht, sieht sie ihre Chancen bei Matthias endgültig wie Sand durch die Finger rinnen."

Laura konnte kaum glauben, was sie gehört hatte.

„Und Matthias?", fragte sie, „wie steht er zu ihr?"

Vor ihrem geistigen Auge zogen Szenen vorüber, in denen sie ihn beim Techtelmechtel mit der jungen Frau in den Ecken der Korridore sah oder in denen sie sich heimlich verschwörerische Blicke zuwarfen, während sie das Essen servierte.

„Oh, da brauchst du keine Angst zu haben." Jenny winkte ab. „Das wäre weit unter seinem Niveau. Er ist bekannt dafür, dass er das Personal eher ignoriert, als dass er ein Wort zuviel mit ihnen wechselt. Nein, nein, von Matthias' Seite hast du nichts zu befürchten. Aber... Ich will dich nicht beunruhigen, aber es wäre immerhin möglich, dass Theresa versucht, gegen dich zu intrigieren. Du solltest aufpassen und Augen und Ohren offenhalten."

Inzwischen war der Kaffee durchgelaufen. Sie nahm die Kanne von der Maschine und griff nach ihrem Handy, das auf dem Küchenschrank lag.

„Mike bastelt in der Garage an seinem Motorrad herum, ich muß ihm sagen, dass der Kaffee fertig ist." Sie tippte eine SMS ein. „Vielleicht mag er sich ja ein Weilchen zu uns setzen."

Die Antwort kam sehr schnell. „Keine Zeit", las sie vom Display ab und lachte wieder. „Typisch Mikey. Zuerst kommt das Motorrad, dann eine Weile nichts, und irgendwann später...," sie machte eine ausladende Handbewegung, „...irgendwann kommt dann die Familie."

Sie schien das aber nicht tragisch zu nehmen. „Naja, irgendein Hobby *muß* man ja haben, oder?"

Sie holte Tassen aus dem Schrank, trug sie auf den Tisch und stellte Milch und Zucker und ein Schüsselchen mit Gebäck dazu.

„Hast du eigentlich auch ein Hobby?", fragte sie, als sie sich gesetzt hatten.

Laura überlegte. „Ich lese gern, mag Musik und ...., ja,

ich male ein bisschen."

„Oh, ein sehr schönes Hobby. Ich habe früher kleine Geschichten geschrieben. Märchen und Fantasy-Stories. Heute schreibe ich hin und wieder noch mal eine Kolumne für das *Ossfelder Tagblatt*."

„Oh, worüber schreibst du denn da?"

„Über alles Mögliche. Regionale Themen, meine Gedanken über das Weltgeschehen... Allerdings nur sporadisch, wenn mir gerade mal etwas durch den Kopf geht."

„Das finde ich großartig."

„Ja, es macht mir auch sehr viel Spaß. Aber pst!" Sie legte den Finger auf den Mund. „Ich schreibe unter einem Pseudonym. Es muß ja nicht jeder wissen, dass *ich* dahinterstecke."

„Du meinst die Schwiegereltern?"

„Genau. Ich glaube nicht, dass es ihnen gefallen würde, wenn sie es wüßten."

„Aber mir verrätst du doch dein Pseudonym, oder? Ich werde schweigen wie ein Grab."

Jenny lachte. „Ich bin der *Anstupfer*. Einer, der die Leute 'anstupft', also anstößt und versucht, sie auf diese Weise zum Nachdenken zu bringen." Sie seufzte tief. „Seit Sebastian da ist, hab ich nur leider nicht mehr so viel Zeit."

Laura sah sich nach den Kindern um. Sie stellte sich vor, wie es sein könnte, wenn Matthias und sie einmal Kinder haben würden. Bisher hatten sie noch nie ausführlich darüber gesprochen.

Jenny rief sie in die Gegenwart zurück. „Vielleicht war es nicht richtig von mir, dich gleich am ersten Tag mit solchen Dingen zu konfrontieren, - du weißt schon..." - knüpfte sie an die Unterhaltung in der Küche an und ging davon aus, dass ihr Gegenüber wußte, was sie meinte. „Aber..." Sie zwinkerte ihr zu, um zu signalisieren, dass Sandra nicht unbedingt mitbekommen sollte, worüber sie redeten.

„Du meinst Theresa?", raunte Laura, winkte dann aber ab. „Das ist schon in Ordnung, Jenny. Ich bin froh, dass ich jetzt davon weiß. Dadurch ist es mir viel eher möglich, auf der Hut zu sein."

Laura und Jenny hatten beim Kaffee viel miteinander geredet und so schon ein bisschen mehr über einander erfahren. Sie hatten schnell gemerkt, dass sie sich mochten. Laura gefiel, dass sich die junge Frau, trotz der vornehmen Atmosphäre, die sie umgab, nicht hatte verbiegen lassen, Jenny ihrerseits war froh, dass Laura nicht die unnahbare überhebliche Schwägerin war, die sie, da sie Matthias kannte, erwartet hatte.

„Oh, sie sind da", rief sie, als sich Michael per Handy aus der Garage meldete. „Vater und Matthias sind soeben angekommen."

Laura sprang auf. „Wo muß ich denn hin, wenn ich Matthias begrüßen will?", fragte sie aufgeregt. „Nehmen sie den Haupteingang? - Oh mein Gott, hoffentlich verlaufe ich mich nicht. Ich weiß doch gar nicht mehr genau, wo ich bin."

Jenny lachte. „Sie kommen durch den Osteingang, der führt von der Garage direkt in die Halle. Weber fährt den Wagen immer gleich in die Garage."

Laura war auf den Gang hinausgelaufen. „Weber?",

fragte sie über die Schulter zurück.

Jenny folgte ihr. „Weber ist der Chauffeur. Komm, ich bring dich hin, sonst verläufst du dich am Ende wirklich noch."

Auf dem Weg zum Osteinang kam ihnen Matthias schon entgegen. Er lachte, breitete die Arme aus und fing Laura darin auf. „Mein Liebes, wie schön, dass du da bist!", sagte er und küsste sie zärtlich.

„Ich freu mich auch."

Ja, jetzt war alles gut, dachte sie, er war ein Vertrauter in dem fremden Haus, in der fremden Welt. Sie kannte ihn, und sie liebte ihn. Erst jetzt konnte sie sagen, ich bin hier zu Hause.

Moritz, der schwarze Hund war aus seinem Korb neben einer der Säulen gekommen. Eifersüchtig schlich er um sie herum und gab nicht eher Ruhe, bis Matthias auch ihn gebührend begrüßt hatte.

Die Schwägerin zog sich mit einem Zwinkern und mit: „Wir sehen uns später", zurück, und Laura rief ihr nach: „Danke für alles, Jenny". Dabei entging ihr nicht, dass Matthias bei ihren Worten kurz die Stirn runzelte. Sie wußte nicht, warum, doch im Augenblick war nicht die richtige Zeit, sich damit zu beschäftigen, denn inzwischen war auch Walter Riva hereingekommen.

Sein Haar war so weiß, wie das seiner Frau, und doch war der Eindruck, den er vermittelte, ein ganz anderer. Er hatte lustige Fältchen in den Augenwinkeln, und er zeigte ein breites sympathisches Lachen, als er auf die beiden zuging.

Matthias hatte den Arm um Laura gelegt. „Das ist sie, Vater. Das ist Laura, die hübscheste und gescheiteste

Frau, die ich weit und breit finden konnte."

Der alte Mann streckte ihr die Hand entgegen. „Davon bin ich überzeugt", sagte er mit einer angenehmen sonoren Stimme. „Ich heiße dich auf's Herzlichste willkommen, Laura. Ich freue mich, dass wir uns endlich kennenlernen."

Zwei Stunden später versammelten sich alle noch einmal im Speisesaal beim Abendessen. Matthias saß nicht, wie Mathilda es wahrscheinlich für richtig gehalten hätte, zur Linken seines Vaters, sondern neben Laura.

Walter Riva und Matthias sprachen über den erfolgreich abgeschlossenen Gerichtsprozeß, für den sich sowohl Michael als auch Mathilda sehr interessierten, die übrigen Familienmitglieder aber zu langweilen schien.

Sebastian war müde, wollte nicht essen und heulte, Sandra weigerte sich, ihr Handy auszuschalten, weil sie auf einen Anruf ihrer Freundin wartete. Jenny hatte ihre liebe Not, beide im Zaum zu halten.

Laura beobachtete Matthias aus den Augenwinkeln. Sie spürte, dass er hier, in seiner gewohnten Umgebung und inmitten seiner Familie eine etwas andere Rolle innehatte, als die, die er für sie gespielt hatte, wenn er bei ihr zu Hause in Hannover gewesen war, oder wenn sie in einer fremden Gegend einen gemeinsamen Urlaub verbracht hatten. Sie bewunderte ihn sehr, denn er war ein gutaussehender Mann, der selbst nach einem arbeitsreichen Tag wie diesem nichts von seinem perfekten Äußeren und einer gewissen Eleganz eingebüßt hatte.

Sie beobachtete auch seinen Vater. Trotz seines Alters

war auch Walter Riva noch immer ein stattlicher, attraktiver Mann. Würde Matthias ähnlich aussehen, wenn sie einmal dreißig oder vierzig Jahre lang verheiratet waren? Vielleicht nicht ganz, dachte sie, denn Matthias war ernster und distanzierter, als der alte Herr, der eben eine Anekdote zum Besten gegeben hatte, über die er selbst laut und herzlich lachte, und mit der er sogar Mathilda ein leises Lachen abgerungen hatte.

Natürlich lachte auch Matthias, doch sehr viel verhaltener, als sein Vater. Was hatte Jenny über ihn gesagt? Er sei humorlos. Zwar kannte sie ihn auch anders, doch sie mußte zugeben, dass ein Fünkchen Wahrheit dahintersteckte. Sie nahm sich vor, dafür zu sorgen, dass es auch bei ihnen eines Tages ein bisschen lockerer und lustiger zuging.

Dann fiel ihr wieder ein, was ihr Jenny über Theresa gesagt hatte, und sie schaute zu ihr hinüber und sah ihr zu, wie sie am Ende der Tafel die Platten mit Wurst und Käse auffüllte und anschließend mit der Teekanne herumging und nach leeren Gläsern Ausschau hielt. Hatte sich das Mädchen wirklich Hoffnungen gemacht? Natürlich kam es manchmal vor, dass sich der Sohn eines wohlhabenden Hauses in das arme Dienstmädchen verliebte oder es gar heiratete, doch zu Matthias wollte das nicht recht passen.

Sie selbst fühlte sich nicht als etwas Besonderes, nur weil Matthias sich für sie entschieden hatte, doch sie hatte einen anspruchsvollen Beruf, und sie wußte, wie sehr Matthias das schätzte. Theresa dagegen hatte wahrscheinlich nicht einmal eine Ausbildung, da sie gezwungen war, einer Familie wie den Rivas ihre Dienste anzubieten. Sie war nicht hässlich, doch es gab auch nichts an ihr, was besonders reizvoll gewesen wäre. Gut, sie mochte netter aussehen, wenn sie etwas anderes trug, als dieses fade hellblaue Kleid mit der weißen Schürze, wenn sie das braune Haar anders frisiert hätte ohne diesen altmodischen Zopf. Dennoch...

Jenny hatte recht getan, sie vor ihr zu warnen. In Zukunft würde sie ein Auge auf sie haben.

Nach dem Abendessen zogen sich Matthias und Laura in ihr Appartement zurück, und es gab wohl niemanden in der Familie, der das nicht verstanden hätte.

Voller Stolz zeigte er Laura sein Domizil, das nun auch das ihre sein sollte.

Das Wohnzimmer war gediegen eingerichtet, mit wenigen, dafür aber sehr exklusiven Möbelstücken und erlesenem Zubehör. Laura fragte sich, ob sie es schaffen würde, diese Eleganz zu erhalten, wenn sie von nun an darin schalten und walten sollte. Hatte ihm ihre kleine Jungmädchen-Wohnung in Hannover überhaupt gefallen?, fragte sie sich. Sie dachte an die Ferien, die sie miteinander verbracht hatten, an die Appartements in den exklusiven Hotels, in denen sie abgestiegen waren. Bisher hatte sie geglaubt, ein kostspieliger Urlaub sei nur seine spezielle Art gewesen, ihr eine wunderschöne Zeit zu ermöglichen. Sie hatte nicht gewußt, dass ein gewisser Luxus generell zu seinem Lebensstil gehörte.

Die Küche war groß und geräumig, und, wie Jenny gesagt hatte, fast unbenutzt. Gut, zumindest *die* würde sie sich untertan machen, dachte Laura. Sie kochte gern, das wußte Matthias, und ganz sicher würde er ihr darin freie Hand lassen.

Während sie durch die Räume schritten, machte Matthias Vorschläge, wo man das eine oder andere Stück ihrer eigenen Möbel einbringen oder aufstellen könnte.

„Dein Bücherschrank würde sehr gut in diese Ecke passen, was meinst du? Und wenn wir hier einen Raumteiler anbringen, könnten wir uns eine Essecke einrichten und dabei dein Sideboard integrieren."

Laura hatte Schwierigkeiten, sich die Kombination beider Einrichtungen vorzustellen. „Ich denke, wir sollten einfach ein bisschen herumprobieren, wenn es soweit ist. Vielleicht passen manche Stücke besser zusammen, als wir es uns jetzt vorstellen können. Und manche vielleicht gar nicht, obwohl wir sie gern beieinanderhätten."

Matthias nahm sie in die Arme. „Du hast ja recht, Liebes. Warten wir erst einmal ab, wir können uns schließlich Zeit lassen."

Und nachdem sie sich noch einmal zärtlich geküsst hatten, flüsterte er ihr ins Ohr: „Die Hauptsache ist doch, dir gefällt unser Schlafzimmer. Und ich werde dafür sorgen, *dass* es dir gefällt. - Komm, ich zeig's dir."

Sie lehnte den Kopf an seine Schulter, während er sie hinüberführte.

„Meinst du, ich schlafe in deinem Bett genauso gut, wie du in meinem?", fragte sie.

„Schlafen?", neckte er sie, „hast du wirklich schlafen gesagt?" Und dann begann er, ihr unter dem T-Shirt den BH aufzuhaken, und sie löste seine Krawatte und öffnete Stück für Stück die Knöpfe seines Hemdes. Das weckte Erinnerungen in ihr. Erinnerungen, die sie jedoch ganz schnell wieder beiseiteschob.

3.

Als sich Matthias am nächsten Morgen für die Abfahrt nach Heidelberg bereitmachte, versuchte er, besonders leise zu sein, um Laura nicht zu wecken. Dennoch blinzelte sie und fragte verschlafen: „Mußt du denn schon gehen?"

Er beugte sich zu ihr hinunter und küsste sie zärtlich. „Ja, leider. Du weißt doch: Die Arbeit ruft. Aber du kannst ruhig noch liegenbleiben. Ich habe allen gesagt, dass sie dich auf keinen Fall stören sollen."

Sie lächelte. „Das war lieb von dir. Wann kommst du denn zurück?"

„So wie gestern auch. Dann haben wir noch den ganzen Abend für uns."

„Ich möchte dir gern etwas kochen, aber ich weiß nicht, was du an Vorräten da hast. Wenn ich ein Auto hätte, könnte ich einkaufen fahren..."

„Du kriegst ein Auto, das verspreche ich dir. Aber um mich brauchst du dir wegen des Mittagessens keine Sorgen zu machen, wir essen jeden Tag zusammen in unserem Stammrestaurant in der Nähe der Kanzlei."

„Und heute Abend? Ich würde gern die schöne Küche ausprobieren."

Er lachte. „Schau im Gefrierschrank nach, ich stell dir gern meine 'eiserne Reserve' zur Verfügung. Vielleicht findest du etwas, was du dir heute Mittag zubereiten kannst. Du könntest aber auch mit Mutter und den

Damen zu Mittag essen, punkt 12 Uhr im Speisesaal. Sie hat mir aufgetragen, dir zu sagen, dass sie sich darüber freuen würde. Sie ist sehr angetan von dir."

Laura runzelte die Stirn, und Matthias lachte darüber. „Das mußt du aber nicht, Liebes, nur wenn du willst, und wenn du bei meinen Vorräten nichts Passendes finden solltest." Er küsste sie noch einmal. „Und schau dich ruhig in den Zimmern um und überleg dir, wie wir sie einrichten und was wir verändern könnten. Es ist doch jetzt auch dein Zuhause."

Laura lächelte und nickte. „Ich werde die Zeit schon rumbringen, bis du zurück bist. Ich könnte ja auch mal im Haus auf Entdeckungsreise gehen. Es ist so groß, ich kenne mich doch noch gar nicht aus und weiß nicht, wo was ist."

„Das ist eine gute Idee. - Ach, da fällt mir ein: Weber hat gestern Abend noch deine Koffer geholt, sie stehen im Gästezimmer." Er lächelte. „Das heißt, in *deinem* Zimmer."

„Das ist gut." Sie gähnte, sie war noch müde.

„So, und nun schlaf weiter, es ist noch sehr früh."

Laura schlief tatsächlich noch einmal fest ein, und als sie erwachte, stand die Sonne schon hoch am Himmel, und der Wecker auf dem Nachttisch zeigte einige Minuten vor zehn Uhr an. Sie sprang aus dem Bett, besann sich dann aber und blieb noch eine Weile auf der Bettkante sitzen. Richtig, sie war ja jetzt im Haus Riva.

Sie schaute sich um. In Hannover hatte es kein komplettes Schlafzimmer gegeben, dazu war die Wohnung zu klein gewesen. Dieses hier gefiel ihr, obwohl es anders war, als die, die sie sich manchmal in den Katalogen angeschaut hatte. Die Möbel waren dunkel, mit hellem Holz abgesetzt, das moderne Bild an der Wand, das mit einem Strahler angeleuchtet werden konnte, war vermutlich nicht nur ein billiger Druck. Am meisten aber faszinierte sie die dunkelrote Satin-Bettwäsche, die wie eine Liebkosung über die Haut strich, wenn man sich darunter bewegte.

Was mochte Theresa empfunden haben, wenn sie Matthias das Bett gemacht oder seine Betten bezogen hatte? Es mußte wehtun, wenn man einen Menschen liebte, den man nie würde haben können. Fast tat sie ihr leid, und ihr wurde bewußt, wie glücklich sie selbst sich schätzen konnte, dass sich Matthias in sie verliebt hatte.

Sie lächelte, als sie ihr Foto auf seinem Nachttisch stehen sah, das war ihr am Abend zuvor gar nicht aufgefallen. - Der Abend zuvor! Es war schön gewesen, wieder mit Matthias zusammen zu sein, das Verlangen in seinen Augen zu sehen, seine Küsse zu schmecken... Das alles war ihr vertraut, das liebte sie, und das hatte ihr gefehlt in den letzten Wochen. Und doch gab es etwas, was die Erinnerung an den gestrigen Abend um eine Winzigkeit trübte. Fast schämte sie sich dafür. Da war eine tiefe Sehnsucht in ihr gewesen, die er nicht hatte erfüllen können. Eine Sehnsucht nach einem Mehr an Zärtlichkeit, einem Mehr an Liebkosungen, einem Mehr...

Mit einem Seufzer erhob sie sich. Matthias war ein guter Mann, und sie wollte ihm eine gute Frau sein. Er sollte es nicht bereuen, sie ins Riva-Haus geholt zu haben.

Nachdem sie geduscht und sich zurechtgemacht hatte,

balancierte sie das Frühstück auf einem Tablett ins Gästezimmer hinüber, das jetzt *ihr* Reich war, und wo ihre Koffer darauf warteten, ausgepackt zu werden.

Es war ein zauberhafter Morgen, aus dem ein ebenso zauberhafter Sommertag zu werden schien. Sie zog die Vorhänge zurück und öffnete die Fenster weit. Kein Wölkchen stand am Himmel, und sie genoss den wunderschönen Blick in den gepflegten Garten. Auf dem Rasen stand der Rasenmäher, und ein Gärtner in Jeans und kurzärmeligem kariertem Hemd hantierte mit Wasserschläuchen und anderen Gerätschaften, mit denen er die Blumenpracht in Ordnung hielt.

Sie wollte sich gerade wieder abwenden, als sie zusammenzuckte. Der Mann im Garten war Daniel. Sein blondes Haar leuchtete in der Morgensonne.

Hastig zog sie sich vom Fenster zurück, um in der nächsten Sekunde gleich noch einmal hinauszusehen. Alles Blut war ihr aus dem Gesicht gewichen, und ihr Herz begann, wie wild zu klopfen. Vor allem, weil ihr nicht entgangen war, dass er kurz heraufgeschaut hatte und sie am Fenster bemerkt haben mußte. Hatte er sie erkannt? Um das herauszufinden, wartete sie einen Moment, bevor sie einen weiteren Blick riskierte. Er schaute noch immer zu ihr herauf, lachend und mit zum Gruß erhobener Hand. Laura wußte nicht, was sie tun sollte, - sie merkte nicht einmal, dass auch sie die Hand hob und winkte. Erschrocken trat sie vom Fenster zurück.

Was würden die Rivas sagen, wenn sie erfuhren, dass Daniel und sie sich kannten? Sie würden fragen, woher. Und seit wann! Obwohl..., da er nicht sprechen konnte, konnte sie vielleicht darauf vertrauen, dass die Nacht im

Dorfkrug auch weiterhin ein Geheimnis zwischen ihnen blieb. Für einen kurzen Augenblick hatte sie Angst und machte sich wieder Vorwürfe, wenn sie an den Dorfkrug dachte. Doch die Erinnerung an Daniel war plötzlich wieder so gegenwärtig und lebendig, dass die Nacht mit Matthias fast verblasste. Als ihr das bewußt wurde, war sie entsetzt über sich selbst.

Sie setzte sich, starrte vor sich hin und dachte nach. Was sollte sie nur tun, wie sollte sie sich verhalten? Natürlich gehörte sie jetzt zu Matthias, und nie wieder würde sie ihn betrügen. In gewisser Weise fand sie es aber auch schön, nun zu wissen, wer Daniel war und wo er hingehörte. Obwohl..., wenn er der Gärtner der Rivas war, würde sie ihm in Zukunft vermutlich häufiger begegnen. Welch verzwickte Situationen konnten sich daraus ergeben. Sie mußte ihm unbedingt aus dem Weg gehen, sicher würde er das verstehen. Matthias durfte auf keinen Fall von ihm erfahren.

Im nächsten Augenblick kam etwas durch das offene Fenster geflogen und landete neben ihr auf dem Teppich. Wie gelähmt starrte sie auf das kleine Ding, bevor sie sich danach bückte. Es war ein mit Papier umwickelter Kieselstein. Ihre Hände zitterten, als sie den Zettel löste und glattstrich. „Verzeih mir, ich wußte nicht, wer du bist", stand darauf.

Trotz des Schreckens mußte sie lächeln.

Sie stand auf, suchte nach einem Stift und schrieb eine Antwort darunter: „Da gibt es nichts zu verzeihen."

Danach wickelte sie den Stein wieder ein, ging zum Fenster und schaute in den Garten hinaus. Daniel war nicht mehr zu sehen. Doch gerade, als sie sich wieder zurückziehen wollte, kam er aus einem der Wirtschaftsgebäude und sah sie am Fenster stehen.

Sie nahm den umwickelten Stein und ließ ihn dicht an der Hauswand hinunterfallen. Er landete mitten in einem dichten Gebüsch, doch sie wußte, er würde ihn finden.

Bis zur Mittagszeit hatte Laura alles erledigt, was es zu erledigen galt. Sie hatte die Koffer ausgepackt, Kleidung und Wäsche im Schlafzimmerschrank verstaut, wo ihr Matthias Platz gemacht hatte, sie hatte eine Skizze darüber angefertigt, wie sie sich die Einrichtung des Apartments nach Einfügen ihrer eigenen Möbelstücke vorstellte, und sie hatte Sina angerufen, um sie noch einmal zur bevorstehenden Hochzeit einzuladen. Ganz ausführlich hatte sie ihr vom Haus Riva erzählt und wie sehr sich ihr Leben ab jetzt verändern würde. Und während sie noch mit der Freundin sprach, war sie immer wieder zum Fenster gelaufen und hatte heimlich durch die zugezogenen Gardinen hindurch nach Daniel Ausschau gehalten. Einmal hatte sie Jenny bei ihm stehen sehen. Sie hatten gelacht und sich in der Gebärdensprache miteinander unterhalten, und schließlich hatte ihr Daniel einen großen Strauß bunter Sommerblumen überreicht. Laura neidete es ihr, dass sie diese Art der Verständigung beherrschte, und zu ihrer eigenen Überraschung spürte sie fast so etwas wie Eifersucht.

Kurz vor 12 Uhr meldete sich Mathilda bei ihr, um sie zum Essen einzuladen. Sie bedankte sich, lehnte jedoch mit der Begründung ab, noch sehr viel zu tun zu haben. Sie fürchtete sich ein wenig davor, mit den alten Damen allein am Tisch zu sitzen. Sie hätte nicht gewußt, was sie mit ihnen reden sollte, und sicher hätte sie sich nicht besonders wohl dabei gefühlt. Stattdessen ging sie, als sie Hunger verspürte, in die Küche und schaute sich nach etwas Essbarem um. Viel an Vorräten gab es nicht, und ihr war klar, dass sie tatsächlich möglichst bald etwas einkaufen mußte, wollten sie nicht verhungern.

Sie fragte sich, ob es in Wallberg überhaupt einen Supermarkt gab. Oder mußte man nach Ossfelden fahren? Im Augenblick hatte sie kein Auto, ihren kleinen Ford hatte sie schweren Herzens in Hannover verkauft, bevor sie dort ihre Zelte abgebrochen hatte. Sie hoffte, Matthias würde sein Versprechen halten und sich möglichst schnell nach einem Ersatz umsehen. Bis dahin hatte er ihr seinen eigenen Wagen angeboten, einen schnittigen Mercedes, der werktags in der Garage stand, da er sich, wie auch sein Vater und Michael, jeden Morgen von Weber mit der eigens dafür bestimmten Limousine nach Heidelberg in die Kanzlei fahren ließ. Auf diese Weise, so hatte er ihr erklärt, war es ihnen möglich, schon während der Fahrt diverse Fälle zu besprechen oder einen Blick in die Akten zu werfen.

Allerdings hatte es Laura abgelehnt, seinen Wagen zu nehmen. Sie war es nicht gewohnt, ein großes Auto zu fahren, und schon gar nicht eines dieser Preisklasse. Sie hatte Angst, sie könnte es beschädigen, - ob durch eigenes oder auch fremdes Verschulden. Da wollte sie lieber warten, bis sie selbst wieder ein kleines Auto besaß.

Noch immer stand sie unschlüssig in der Küche. Im Gefrierschrank hatte sie nichts gefunden, was schnell zubereitet gewesen wäre. Sie überlegte. Sicher würde ihr

Jenny gern mit dem einen oder anderen aushelfen, doch... Einerseits wollte sie die Schwägerin nicht allzu oft beanspruchen, - sie hatte ihre Familie und die Kinder, - andererseits hatte sie auch Matthias' Stirnrunzeln bemerkt, als er gewahr geworden war, dass sie ihren ersten Nachmittag im Riva-Haus fast ausschließlich mit Jenny verbracht hatte, anstatt sich bei Mathilda zu melden, wie er es ihr vorgeschlagen hatte.

Sollte sie Theresa fragen, ob es noch irgendwo etwas zu essen gab? Aber nein, sie schüttelte den Kopf, sie würde allein zurechtkommen. Im Kühlschrank hatte sie eine Schachtel mit Eiern gefunden, sie wollte sich Spiegeleier braten und dazu das Brötchen essen, das vom Frühstück übrig war.

Gerade hatte sie ihren Teller im Geschirrspüler verstaut, als sich ihr Handy meldete. Es war Jenny. „Hast du schon zu Mittag gegessen?"

Laura lachte. „Ja, zwei wunderbare Spiegeleier."

„Hast du Lust auf einen Kaffee?"

Einen Augenblick lang stutzte Laura, fragte sich, ob es nicht vielleicht klüger wäre, Mathilda einen Besuch abzustatten, um Matthias nicht zu verärgern. Aber nein, er konnte ihr nicht vorschreiben, mit wem sie ihre Nachmittage verbrachte, wenn er nicht da war.

„Ja gern", antwortete sie, „aber den trinken wir dann diesmal bei mir, abgemacht?" Wenn Jenny sie besuchen kam, konnte ihr Matthias nichts vorwerfen, dachte sie. Er konnte nicht verlangen, dass sie sie wieder fortschickte.

„In Ordnung, ich komme rüber", sagte Jenny, und kurz darauf war sie schon da.

„Ich hoffe, ich gehe dir nicht auf die Nerven, wenn ich dauernd bei dir auf der Matte stehe. Vielleicht möchtest du ja viel lieber allein sein und deine Ruhe haben. Aber weißt du, mir hat in diesem Haus bisher schon immer jemand gefehlt, mit dem ich ab und zu mal reden kann, wenn Mike nicht da ist."

„Du gehst mir keinesfalls auf die Nerven, Jenny. Im Gegenteil. Für mich ist alles so neu und so fremd hier, da bin ich froh, wenn wenigstens *du* dich ein bisschen um mich kümmerst."

Jenny setzte sich an den Küchentisch und schaute ihr zu, wie sie den Kaffee zubereitete. „Schön, ich habe die Kinder", fuhr sie fort, „dadurch ist immer was los bei uns, und wirklich langweilig wird's mir eigentlich nie. Aber Sandra ist jetzt in einem Alter, in dem sie sich oft lieber in ihr Zimmer zurückzieht und Musik hört oder per Handy mit ihren Freundinnen tratscht."

„Es muß schön sein, schon eine so große Tochter zu haben", sagte Laura und setzte sich zu ihr. „Laß ein paar Jahre vergehen, dann werdet ihr die dicksten Freundinnen sein."

Jenny nickte. „Das hoffe ich sehr. Obwohl, sie ist eigentlich kein schwieriges Kind. Vor allem sind wir froh, dass sie großen Spaß am Lernen hat."

„Geht sie unten in Wallberg zur Schule? Es ist ein weiter Weg von hier oben bis runter ins Dorf, wenn man ihn laufen muß."

„Nein, sie besucht das Gymnasium in Ossfelden. Wir Walldorfer Eltern haben einen kleinen Bus angeheuert, der die Kinder einsammelt und nach Ossfelden bringt. Der holt Sandra jeden Morgen ab und bringt sie auch wieder heim."

„Das war eine gute Idee."

„Wenn sie mal achtzehn ist, müssen wir sehen, dass sie so schnell wie möglich den Führerschein macht und ein eigenes Auto bekommt, damit wir sie nicht zu jeder Veranstaltung fahren müssen", meinte Jenny. Dann lachte sie. „Naja, bis dahin vergehen noch ein paar Jährchen."

Laura beobachtete die Schwägerin, sie sah selbst noch aus wie ein junges Mädchen. Sie konnte unmöglich schon dreißig sein.

„Du warst noch sehr jung, als du sie bekommen hast, stimmt's?"

„Ja, ich war gerade mal sechzehn."

„Das war wirklich sehr früh. Was hat denn da unsere Schwiegermutter gesagt?"

Jenny winkte ab. „Für sie war das eine Katastrophe. Sie hat versucht, uns allerhand Steine in den Weg zu legen, aber Gott sei Dank stand Mikey immer fest hinter mir. Er ist anders, als sein Bruder. - Verzeih mir, ich will nicht schon wieder gegen Matthias wettern. Aber wie ich schon sagte, Mike ist viel lockerer, viel flexibler. Er sieht nicht alles so eng und streng. Es ist ihm egal, was man tut und was nicht, oder was die Leute sagen." Sie seufzte. „Und mit dieser Einstellung hat er es nicht immer leicht in dieser Familie."

Laura dachte nach. „Du willst damit sagen, mit Matthias könnte es für mich schwieriger werden?"

„Ich will dir keine Angst machen, aber wahrscheinlich hofft Mathilda, nun in dir die Schwiegertochter gefunden zu haben, die sie mit mir nicht bekommen hat. Und

Matthias wird sein Möglichstes tun, um ihr diesen Wunsch zu erfüllen."

Laura schüttelte den Kopf. „Aber ich bin wie ich bin, und vielleicht ganz anders, als sie mich wollen."

„Deshalb darfst du dich auf keinen Fall beeinflussen lassen. Bleib wie du bist, und tu', was du für richtig hältst. Und vor allem, du mußt *gleich* damit anfangen, sonst ist es eines Tages zu spät." Sie seufzte wieder. „Ich weiß, das wird manchmal nicht ganz einfach sein."

Laura nickte. „Ich werde versuchen, immer daran zu denken."

Sie erhob sich, weil der Kaffee fertig war. „So, und jetzt gehen wir am besten rüber in mein Zimmer, dort ist es gemütlicher."

Jenny lachte. „In *dein* Zimmer?"

Laura lachte mit. „Ja, das Gästezimmer wird einmal mein Arbeitszimmer werden, wenn ich wieder anfange mit den Übersetzungen. Es ist sehr schön, finde ich, und es trägt schon ein wenig meine Handschrift. Außerdem hat es einen so wunderschönen Blick in den Garten."

Sie dachte an Daniel und war versucht, Jenny nach ihm zu fragen, doch sie schwieg. Das konnte sie später nachholen, im Augenblick war es vielleicht nicht angebracht, den Eindruck zu erwecken, als interessiere sie sich für ihn.

Auf dem Tisch im Gästezimmer lag noch immer der Brautmoden-Katalog, den sie am Vormittag aus ihrem Koffer ausgepackt hatte. Jenny griff danach. „Oh mein Gott, wie schön. Darf ich mir den mal ansehen?"

„Aber sicher." Laura zwinkerte ihr zu." Obwohl ich nicht glaube, dass du jemals wieder ein Brautkleid brauchen wirst."

„Wer weiß, wer weiß", spaßte die Schwägerin, dann fragte sie, während sie Seite für Seite den Katalog durchblätterte: „Hast du dir schon eines davon ausgesucht?"

„Meines wird von einer Schneidermeisterin in Hannover angefertigt. Sieh mal dort nach, wo das Lesezeichen steckt. Das ganz rechts, das habe ich ihr als Muster vorgelegt. - Gefällt's dir?"

„Oh ja, es ist wunderschön." Und mit einem Hauch Ironie fügte sie hinzu: „Aber doch recht schlicht und einfach für eine Hochzeit im Riva-Haus."

Die Seite, die sie aufgeschlagen hatte, zeigte ein schmales weißes Kleid aus einer Kombination aus Seide und Spitze. Dazu trug das Model einen kleinen kurzen Schleier, der mit weißen Blüten auf den dunklen Locken drapiert war.

„Hast du keinen langen Schleier gewollt? Mit einer Schleppe, von zwei Kindern getragen? Das in etwa wäre doch der Traum unserer Schwiegermutter."

„Oh, dann wird sie enttäuscht sein. - Wie war denn das bei dir damals? Hattest du eine Traumhochzeit álà Riva?"

Jenny lachte bitter. „Nein, auch ich nicht. Schön, auch mein Kleid war sehr hübsch, mein Schleier ein bisschen länger, als dieser hier, aber ich war im fünften Monat schwanger, und ich habe mich immerzu bemüht, meinen Bauch unter dem Blumenarrangement zu verstecken. Wenn es nach Mutter gegangen wäre, hätte es gar keine kirchliche Trauung gegeben. Ich glaube, sie hat sich ein bisschen meiner geschämt. Wahrscheinlich ist sie auch heute noch der Meinung, dass ich nicht richtig hierher passe."

„Das verstehe ich nicht. Du bist ein so liebenswerter Mensch, ich habe dich von Anfang an gemocht."

„Danke, es ist nett, dass du das sagst. Aber für Mutter war ich immer das Mädchen, das ihren Sohn auf den falschen Weg geführt hat. Ich bin schuld, dass er Motorräder liebt, und dass er die falschen Freunde hat. Und dann habe ich ihn auch noch dazu gebracht, mir ein Kind zu machen." Sie schüttelte den Kopf. „Dabei haben wir uns im Motorrad-Club kennengelernt, als Mikey längst schon ein Motorradnarr war. Wir treffen uns auch heute noch mit unseren Motorradfreunden und sind hin und wieder mit ihnen unterwegs. Das wollen wir uns auch nicht nehmen lassen." Sie lachte bitter. „Ich könnte mir vorstellen, dass es ihr gar nicht gefallen würde, wenn sie wüsste, dass wir schon wieder zusammensitzen. Ich bin nicht der richtige Umgang für dich, verstehst du? Sie wird Matthias veranlassen, ganz besonders darauf zu achten, mit wem du dich abgibst."

Laura fiel Matthias' Stirnrunzeln ein, doch das behielt sie lieber für sich. Gleichzeitig mußte sie an Daniel denken, der würde ganz sicher noch viel weniger als Umgang für ihre Schwiegertöchter passen. Sie schluckte. Wenn herauskäme, dass sie... Sie traute sich nicht, den Gedanken weiterzuspinnen. Vielleicht sollte sie mit Daniel reden, sollte ihm das Versprechen abnehmen, ihr Geheimnis auf ewig für sich zu behalten.

Doch wie sollte sie mit ihm reden?

Sie schaute Jenny von der Seite an, und beschloss nun doch, Daniel zu erwähnen. Falls sie ihn so gut kannte, wie es den Anschein gehabt hatte, hatte er ihr vielleicht sogar schon von ihrer Begegnung im Dorfkrug erzählt?

„Ich habe dich vorhin mit dem Gärtner reden sehen," begann sie. „Mit den Händen. Ist er taubstumm?"

„Du meinst Daniel? Ja, er ist taubstumm, aber er ist nicht der Gärtner. Er hat nur ein Händchen für alles, was grünt und blüht. Für die Rivas ist er so etwas, wie 'das Mädchen für alles'. Man ruft ihn, wann immer er irgendwo gebraucht wird."

„Wie hast du gelernt, dich mit ihm zu unterhalten?"

„Vor unserer Heirat habe ich in einem Kinderheim in Ossfelden gearbeitet. Einige der Kinder dort waren taubstumm. Sie haben es mir beigebracht, und das kommt Daniel jetzt zugute. Ich glaube, dadurch bin ich wohl die einzige, mit der er auf diese Weise reden kann."

„Und wie verständigt er sich sonst? Diese Zeichensprache beherrschen sicher die wenigsten."

Sie erinnerte sich, dass sie *Zwölf-eins-einundzwanzig-achtzehn-eins* für ihn gewesen war, und sie mußte flüchtig lächeln. Eine längere Unterhaltung auf diese Art wäre wohl so gut wie unmöglich.

„Er hat immer einen kleinen Block und einen Stift in seiner Hemdtasche", erklärte Jenny. "Einfache Sätze kann er zwar perfekt von den Lippen ablesen, aber wenn es um mehr geht, benutzt er den Block. Dann muß man ihm aufschreiben, was man von ihm will, und er schreibt seine Antworten dazu."

„Wo hat *er* die Gebärdensprache gelernt, wenn sie hier niemand spricht außer dir?"

„Als er klein war sicher von seiner Mutter, auch sie hatte einen Sprachfehler. Später war er ein paar Jahre auf einer Spezialschule, einem Internat für Sprach- und Hörgeschädigte. Er ist ein sehr kluger und intelligenter Bursche, nur wissen und akzeptieren das die wenigsten. Für viele im Dorf ist er einfach nur der *Hurensohn* oder der *Kretin*."

Laura war erschrocken. „Oh mein Gott, warum denn das?"

„Wie gesagt, auch seine Mutter hatte einen Sprachfehler. Sie kam als junges Mädchen aus Schweden, hat eine Zeitlang für die Rivas gearbeitet. Aber das ist schon lange her. Später zog sie in das Haus, in dem Daniel heute noch lebt. Sie soll sehr schüchtern gewesen sein und hat sich, wohl wegen ihrer sprachlichen Behinderung, von den Dorfbewohnern distanziert. Da sie bildhübsch war, gab das natürlich Anlass zu Spekulationen. Viele Mannsbilder aus dem Dorf schienen darauf aus gewesen zu sein, ein Schäferstündchen mit ihr zu verbringen, sie aber soll alle abgewiesen haben. Trotzdem hasste und verachtete man sie und nannte sie eine Hure. Die Frauen, weil sie Angst um ihre Männer hatten, die Männer, weil jeder fürchtete, ein anderer könnte mehr Glück bei ihr gehabt haben, als er selbst. Als Daniel zur Welt kam und es keinen Vater für ihn gab, sahen sie ihre Mutmaßungen bestätigt. Die Hure und ihr Balg, - so ist das manchmal auf dem Land, wenn sich viele, die nichts im Kopf haben, ein Urteil bilden."

„Das ist schrecklich." Laura fühlte ihr Mitleid für ihn fast körperlich. „Es muß doch aber jemanden gegeben haben, der ihn gefördert und auf diese Schule geschickt hat."

Jenny lächelte. „Ja, den hat es sicher gegeben, aber niemand weiß, wer es war. Und niemand traut sich, einen Namen zu nennen."

„Auch du nicht", stellte Laura fest, während sie Jenny

prüfend anschaute.

„Nein, auch ich nicht. Es wären nur Spekulationen."

„Und Daniel?"

„Er weiß es auch nicht, seine Mutter hat das Geheimnis mit ins Grab genommen. Sie ist vor fünf Jahren gestorben Seither lebt Daniel allein in dem Haus. Er hat es etwas umgebaut. Den größeren Teil hat er vermietet, den kleineren Teil hat er für sich selbst eingerichtet."

Laura nickte versonnen. „Jemand wie er hat es nicht leicht im Leben", sagte sie.

„Oh, Daniel sieht das wahrscheinlich ganz anders, glaube ich. Er ist nicht unglücklich mit dem Leben, das er führt. Im Gegenteil. Er ist immer fröhlich und gutgelaunt. Er arbeitet überall, wo sich ihm eine Gelegenheit bietet, und das Gerede der Leute stört ihn nicht."

„Hat er dir das alles erzählt? Seine Geschichte, meine ich. Weil du mit ihm reden kannst?"

Jenny nickte. „Manches davon, ja. Aber das meiste geht im Dorf herum und kommt einem zu Ohren, ob man es hören will oder nicht."

„Ist es schwer, die Gebärdensprache zu erlernen?"

Jenny lachte. „Nein, eigentlich nicht. Ich kann sie dir beibringen, wenn du willst." Sie schaute Laura von der Seite an. „Du möchtest dich auch gern mit ihm unterhalten, stimmt's?"

Laura spürte, dass sie rot wurde und wandte sich schnell ab. Sie schlug den Brautmoden-Katalog zu und ließ ihn in einer Schublade verschwinden.

„Ich fände es interessant. Außerdem tut er mir einfach leid."

„Er muß dir nicht leidtun, er kommt schon klar damit.

Aber trotzdem würde es ihn sicher freuen, wenn er sich mit dir unterhalten könnte. Du gefällst ihm nämlich sehr, wie er mir verraten hat."

Laura zuckte unmerklich zusammen. „Er kennt mich doch gar nicht", warf sie ein.

„Er hat dich am Fenster gesehen, sagt er, und das sei gewesen, als ob die Sonne aufginge."

'Oh mein Gott', dachte Laura. Hatte er ihr vielleicht doch noch mehr erzählt?

Sie schenkte Jenny noch einmal Kaffee nach, und um das Thema zu wechseln, meinte sie: „Der Kaffee reicht auch nur noch für ein paar Tage. Wenn ich nicht bald etwas einkaufen kann, verhungern und verdursten wir."

Jenny lachte. „Na, bevor es soweit kommt, helfe ich euch gern ein bisschen aus."

4.

Am Tag, an dem die Möbel kamen, fuhr Matthias erst
später in die Kanzlei. Laura hatte geglaubt, er würde mit
anpacken und den Trägern der Speditionsfirma ein wenig
zur Hand gehen, doch er beschränkte sich lediglich
darauf, Anweisungen zu geben und festzulegen, wo und
in welchem Zimmer die einzelnen Möbelstücke und Kartons abgesetzt werden sollten. Oder manchmal sogar
ungeduldig und unwirsch einzugreifen. Er hatte sich nicht
einmal legere Kleidung angezogen, sondern wirkte in
Anzug und Krawatte seltsam fehl am Platze zwischen den
Männern in den blauen Overalls. Laura wunderte sich
über seine Gereiztheit, mit der er mit den Männern
umsprang, und fast schämte sie sich dafür. Bisher hatte
sie nicht den Eindruck gehabt, es könnte ihm nicht recht
sein, wenn sie ihren kleinen Hausstand aus Hannover mit
einbrachte. Im Gegenteil, es schien ihm Spaß gemacht zu
haben, die neue Anordnung der Möbel zu planen.

Sie beobachtete ihn eine Weile und wußte nicht, ob sie
ihn darauf ansprechen sollte.

„Matthias?" Sie ging zu ihm hinüber und nahm seinen
Arm. Lächelnd beugte er sich zu ihr hinunter und küsste
sie auf die Wange.

„Es wird sicher sehr schön werden", sagte er. Doch
schon im nächsten Augenblick fuhr er laut und
aufgebracht einen der Arbeiter an: „Herrgott noch mal,

könnt ihr nicht aufpassen? Ihr verkratzt mir ja den ganzen Fußboden und die Türrahmen." Und an Laura gewandt meinte er: „Diese Tollpatsche. Wenn sie nicht wissen, wie man mit wertvollen Dingen umgeht, dann sollten sie sich einen anderen Job suchen."

Laura lehnte ihren Kopf an seine Schulter. „Schimpf nicht mit ihnen", sagte sie, „es ist ganz sicher keine leichte Arbeit, die schweren Sachen heraufzutragen. Noch dazu, wo es heute so warm ist. Ich will nicht, dass du deshalb schlechte Laune hast."

Er legte den Arm um ihre Schulter und lächelte wieder. „Nein, nein, ich hab keine schlechte Laune. Ich mag es nur nicht, wenn ein solches Chaos um mich herum herrscht, deshalb möchte ich, dass sie so schnell wie möglich mit ihrer Arbeit fertig werden."

„Das ist halb so schlimm", versuchte Laura, ihn zu besänftigen. „Wart nur, bis ich alles eingeräumt und wieder saubergemacht habe. Wahrscheinlich werde ich mich zunächst einmal um die Kartons mit dem Geschirr kümmern, die sie in der Küche abgesetzt haben."

„Du kannst dir Zeit lassen, bisher haben uns die Teller im Schrank doch auch gereicht, oder?"

Als der Möbelwagen, der vor dem Haupteingang geparkt hatte, ausgeladen war, als die Männer in den blauen Overalls die Unterschrift des Auftraggebers erhalten hatten und wieder abgefahren waren, machte sich auch Matthias auf den Weg nach Heidelberg in die Kanzlei.

Obwohl er ihr versichert hatte, keine schlechte Laune zu haben, wunderte sich Laura doch, dass er zu den

Möbelpackern so unfreundlich gewesen war. Vermutlich gab es Probleme in der Kanzlei, die ihm im Kopf herumgingen, sicher würde sich das bald wieder geben.

Als sie allein war, stand sie unschlüssig im Korridor und schaute sich um. Manche der Möbelstücke hatten ihren endgültigen Platz bereits gefunden. Andere, bei denen noch nicht klar war, wo sie letztendlich aufgestellt werden sollten, hatte man in einer Ecke im Gang deponiert. Durch die offenen Türen waren Kisten und Kartons zu sehen, die darauf warteten, ausgepackt zu werden.

Laura seufzte tief. Im Grunde war sie froh, dass Matthias gegangen war, er hätte sie nur nervös gemacht. Nun konnte sie in aller Ruhe überlegen, wo sie mit dem Auspacken und Einräumen beginnen sollte.

Sie hatte eben einen der Geschirr-Kartons geöffnet und angefangen, das Essgeschirr in die Spülmaschine zu räumen, als es kurz anklopfte und Jenny hereinkam. Bevor sie ein einziges Wort von sich gab, breitete sie lächelnd die Hände aus, mit den Handflächen nach oben, und dann berührte sie mit der rechten Hand kurz ihre Wange

Laura hielt in ihrer Arbeit inne und schaute sie verblüfft an. „Jenny...?"

„Ich hab dir gerade in der Gebärdensprache einen guten Morgen gewünscht", sagte sie. „Wie du siehst, ist das gar nicht so schwer." Sie wiederholte die Geste. „Und wenn ich die Hände so bewege...," sie breitete die Hände ein wenig anders aus, „...dann heißt das 'Guten Tag'."

Auch Laura lachte nun, obwohl sie sich gleichzeitig umschaute, um sich zu vergewissern, dass sie tatsächlich allein waren.

„Mach das bloß nicht, wenn Matthias da ist", sagte sie mit gesenkter Stimme. „Er würde es sicher nicht gutheißen, zumal Daniel der einzige Nutznießer wäre, wenn ich diese Zeichen beherrschen würde."

Jenny nickte. „Keine Angst, ich werde aufpassen, dass uns niemand zusieht."

Sie schaute sich in der Küche um und überflog die geöffneten Kartons. „Eigentlich bin ich gekommen, um dir ein bisschen zu helfen."

„Das ist lieb von dir", antwortete Laura und fuhr fort, die Spülmaschine zu bestücken. „Schnapp dir einfach eine von den Schachteln, da ist überall Geschirr drin. In der da drüben, die mit dem großen schwarzen Kreuz, sind die Gläser, die möchte ich eigentlich von Hand spülen."

Jenny nickte und stöpselte das Spülbecken zu. „Gut, damit werde ich anfangen," sagte sie und ließ Wasser einlaufen. „Ich hab nur leider nicht unbegrenzt Zeit, weil ich heute Nachmittag einen Termin beim Arzt in Ossfelden habe."

Laura hielt inne. „Was Ernstes?"

Jenny lachte. „Nein, nein, nur eine Routine-Untersuchung beim Zahnarzt."

Bis zum Mittag hatten die beiden Frauen fast alle Kartons ausgeräumt und das gespülte Geschirr in den Schränken untergebracht. Sie hatten viel geredet und gelacht dabei, und einmal mehr war Laura glücklich darüber, dass sie in Jenny eine so nette Schwägerin gefunden hatte.

Da es dringend notwendig war, endlich die Vorräte

aufzufüllen, fragte sie ihre Helferin, ob ihr noch Zeit blieb, sie zum Supermarkt zu begleiten. Doch Jenny schüttelte den Kopf. „Leider nicht, du kannst aber gern eines unserer Autos haben. Entweder den Familienwagen, also den Kombi, oder meinen kleinen roten Twingo, der allerdings schon ein paar Jährchen auf dem Buckel hat."

„Der kleine wäre mir lieber", entschied Laura, „ich bin große Autos nicht gewöhnt."

„Gut, dann nehme ich den Kombi. Mit dem Twingo solltest du allerdings tanken. Nicht, dass für diesmal nicht mehr genügend Sprit drin wäre, aber ich habe den Tank gern voll, damit ich auch mal unverhofft weiter fort kann, ohne Angst haben zu müssen, ich könnte unterwegs stehenbleiben. Aber wenn du tankst, dann mach das bei Rolf, das ist die kleine Tankstelle kurz vor der Dorfmitte. Der Supermarkt hat zwar auch eine, aber Rolf ist ein Freund von uns. Außerdem mußt du bei ihm nicht gleich bezahlen. Wir lassen es immer aufschreiben, und die Rechnung kriegen wir dann am Monatsende."

Der kleine Twingo gefiel Laura. Er klapperte und schepperte ein wenig, wenn es über Unebenheiten oder durch Schlaglöcher ging, doch das störte sie nicht. Mit einem Blick auf die Tankanzeige stellte sie fest, dass es reichte, wenn sie auf dem Rückweg an der Tankstelle hielt.

Für den Einkauf hatte sie sich eine lange Liste zusammengestellt. Da sie sich schon einen Speiseplan für die nächsten Tage zurechtgelegt hatte, wußte sie genau, welche Zutaten sie brauchte.

Der Supermarkt war wesentlich größer, als sie ihn sich

vorgestellt hatte. Es war ein langegezogener flacher Bau am Rande des Dorfes. Der Parkplatz war so groß, dass selbst die Bewohner der umliegenden Ortschaften noch einen freien Platz für ihr Auto gefunden hätten. An der Außenseite des Gebäudes reihten sich verschiedene Einzelhandelsgeschäfte aneinander, - es gab einen Optiker, ein Schuhgeschäft, einen Laden für Kleintiere und Tiernahrung und eine bescheidene Bankfiliale. Und natürlich die Tankstelle, von der Jenny gesprochen hatte. Im Inneren hatte ein Buch- und Zeitungsladen seinen Platz sowie eine Bäckerei mit einem angrenzenden kleinen Café, in dem man sich vor dem Einkauf stärken oder nach dem Einkauf bei einer Tasse Kaffee entspannen und noch eine Weile dem geschäftigen Treiben an der Kasse zuschauen konnte.

Laura fand alles, was sie sich aufgeschrieben hatte. Mit einer bis oben hin gefüllten Klappkiste, die sie im Kofferraum gefunden hatte, trat sie die Heimfahrt an. Sie hatte gute Laune, denn alles war nach Plan gelaufen. Das Wetter war warm und sonnig, die Möbel waren endlich da, und sie war zuversichtlich, dass es ihr auch in Zukunft in Wallberg und im Herrenhaus gefallen würde. Nun war sie nicht mehr durch hunderte von Kilometern von Matthias getrennt, sie konnten beginnen, sich ein gemeinsames Leben aufzubauen. Und es war schön, in Jenny schon fast so etwas wie eine Freundin gefunden zu haben.

Fast hätte sie das Tanken vergessen. Versehentlich fuhr sie ein paar Meter zu weit, bremste ab, legte den Rückwärtsgang ein, und, nachdem sie einen Bogen gefahren war, hielt sie vor den Zapfsäulen.

Die Tankstelle war nicht sehr groß, sie bestand aus einem flachen, rechteckigen Gebäude, in dessen mittlerem Teil sich der Kassenraum befand. Links davon wies ein Schild auf eine einfache Waschstraße hin, während es auf der rechten Seite eine kleine Werkstatt gab, vor der ein ur-alter Mercedes, ein bereits abgemeldeter Opel ohne Nummernschilder und ein kleiner grauer Kastenwagen standen. Das war alles. Ein weiteres Schild oben auf dem Dach des Hauses brachte Laura zum Lächeln: *Autohof Rolf Simanek*.

'Ein Mini-Autohof', dachte sie amüsiert.

Sie füllte den Tank mit Super, säuberte sich die Hände mit einem der Tücher, die in einem Kästchen an einem Pfosten hingen und ging auf die Eingangstüre zu.

„Hallo!", rief sie, weil niemand im Kassenraum zu sehen war, als sie eintrat. „Ist jemand da? Ich bin..." Die Worte blieben ihr in der Kehle stecken, und ihr Herz setzte einen Schlag lang aus. Aus einem Durchgang neben der Theke kam Daniel.

„Ich bin..." Sie brachte noch immer kaum ein Wort heraus, starrte ihn nur an. Mein Gott, wie hübsch er war. Wie leuchtend seine dunkelblauen Augen. Und wie sie sie anschauten. Sie hatte ihn seit jenem Mittwoch nicht mehr gesehen. Zumindest nicht so unmittelbar aus der Nähe.

Er lächelte, griff nach einem kleinen Schreibblock, der neben der Kasse lag, schrieb etwas und schob ihn zu ihr hinüber. „Hallo Laura", las sie.

Sie war noch immer verwirrt, sie hatte hier nicht mit ihm gerechnet. War er nicht ein Angestellter der Rivas?

„Du hast Rolf erwartet, stimmt's?", schrieb er.

Sie konnte nur nicken, obwohl sie Rolf gar nicht kannte.

„Arbeitest du hier?", fragte sie ihn, indem sie langsam sprach, um ihm die Möglichkeit zu geben, ihr von den Lippen abzulesen, was sie sagte.

„Auch", schrieb er. „Ich arbeite überall, wo man mich braucht. Rolf mußte weg, deshalb helfe ich aus." Er wies auf die andere Straßenseite. „Ich wohne dort drüben."

„Ach so."

Er schrieb weiter: „Es ist schön, dass du hier bist. Ich mußte immerzu an dich denken."

Laura hatte sich ein wenig gefangen. Sie nahm ihm den Stift aus der Hand und schrieb: „Du weißt doch nun, wohin ich gehöre. Ich..."

Er legte seine Hand auf die ihre, sodass sie nicht weiterschreiben konnte. „Natürlich weiß ich das, aber... Ich muß *trotzdem* immer an dich denken."

Seine blauen Augen ließen sie nicht los. Er kam um die Theke herum auf sie zu. Ganz langsam, in Zeitlupe, wie ihr schien. Sie fühlte Panik in sich aufsteigen. Sie waren hier nicht im Dorfkrug, und sie war nicht mehr dieselbe, wie damals. In Kürze würde sie heiraten.

Sie schüttelte den Kopf und schaute sich nach der Tür um, doch sie war nicht fähig, sich einfach abzuwenden und zu gehen. Im Gegenteil. Die Magie, die von ihm ausging, hielt sie fest. Jede Faser in ihr schien ihn zu erkennen, schien sich an ihn zu erinnern, wollte ihn wiederhaben... Er war ihr ganz nah, nahm ungeniert ihr Gesicht in seine Hände und küsste sie, und sie konnte nichts dagegen tun. Konnte sie nicht, oder wollte sie nicht? Es traf wohl beides zu. Ihr Verstand hätte sie warnen müssen, doch es schien, als hätte sie ihn ausgeschaltet, und mit geschlossenen Augen erwiderte

sie seinen Kuss. Sie spürte seine Lippen, seine Zunge...
Natürlich wußte sie, dass das ein Fehler war, und dass sie
drauf und dran war, wieder den Boden unter den Füßen
zu verlieren. Mit letzter Kraft schob sie ihn an den
Schultern zurück.

„Daniel! Wir dürfen das nicht tun. *Ich* darf das nicht tun!
Das weißt du doch."

Er ließ seine Hände sinken und nickte, doch schon kam
sein Mund dem ihren wieder viel zu nah.

„Nein, Daniel!" Ihre Stimme klang traurig. „Versteh
mich doch."

Vor dem Haus hörte man ein Motorrad vorfahren, und
Laura atmete erleichtert auf.

Daniel griff erneut nach seinem Block und schrieb: „Ich
verstehe dich doch, aber... Ich sehne mich so sehr nach
dir."

Die Tür wurde stürmisch aufgerissen, und ein Mann
mittleren Alters trat ein. „Hi Jenn, ich wollte..."

Er stutzte, als er Laura sah und schaute sich suchend
um. „Ist Jenny nicht hier?" Er warf einen Blick in den
Nebenraum. „Ich hab ihr Auto gesehen."

„Nein, sie ist nicht hier", sagte Laura, „sie hat mir heute
ihren Wagen geliehen."

„Ah!" Er verstand und streckte ihr die Hand hin. „Dann
müssen Sie Matthias' Zukünftige sein."

„Ja, die bin ich."

„Ich bin Gerd Wolfram, ein Freund der Familie." Er
lachte. „Naja, sagen wir lieber, ein Freund von Mike und
Jenny. Sagen Sie ihnen einen Gruß von mir."

„Das mach ich."

Sie warf Daniel einen Blick zu. Er war wieder hinter die

Theke getreten und schaute sie nur an. Zärtlich, - aber vor allem traurig.

„Schreibst du den Betrag auf, Daniel?", sagte sie zu ihm.

Er nickte, legte den Finger flüchtig an die Schläfe, als wollte er sagen: „Wird erledigt", und dann lächelte er schon wieder. Doch Laura war noch immer völlig durcheinander, als sie in Richtung Herrenhaus fuhr. Die Szene mit Daniel hatte sie aufgewühlt und erschreckt, hatte sie ihr doch gezeigt, welche Macht dieser Mann noch immer über sie besaß. Was wäre gewesen, wenn Gerd Wolfram nicht gekommen wäre? Wäre sie stark genug gewesen, bei ihrem Nein zu bleiben? Oder hätte sie ihrem Verlangen nachgegeben? Die Vorstellung, Daniel und sie in dem kleinen Nebenraum... am helllichten Tag... kurz vor ihrer Hochzeit mit Matthias... Oh mein Gott, sie rieb sich die Augen. Sie vermochte kaum, sich auf die Straße zu konzentrieren.

Warum, um alles auf der Welt, hatte sie diesem Mann begegnen müssen? Was konnte sie nur tun, um solche Situationen in Zukunft zu vermeiden? Was wäre, wenn sie sich eines Tages Matthias gegenüber verraten würde? Oder wenn er, wie auch immer, von jenem Mittwoch erfuhr?

Matthias! Ihr war aufgefallen, dass Gerd Wolfram seltsam geklungen hatte, als er die Familie erwähnt hatte. So, als hätte er sagen wollen, nein, ein Freund von Matthias und seiner Familie bin ich nicht, nur einer von Michael und Jenny. Sie überlegte. Natürlich ist Matthias anders, als Michael. Er ist stiller, ernster, wahrscheinlich tatsächlich ein wenig humorlos. Eventuell aber auch gradliniger, verlässlicher, seriöser... - Doch war das ein

Fehler? Nein, sagte sie sich. Und vielleicht war es sogar ihre Aufgabe, seinem Leben ein bisschen mehr Leichtigkeit und Unbeschwertheit zu geben. Das wollte sie auf jeden Fall versuchen.

5.

Einen Tag vor der Hochzeit kam Sina. Matthias, der sie von Hannover her kannte, ließ es sich nicht nehmen, sie in Heidelberg vom Bahnhof abzuholen. Als er sie vor dem Haupteingang des Herrenhauses aussteigen ließ, stürzte Laura die Freitreppe hinunter, und Sekunden später lagen sich die Freundinnen in den Armen.

Aus beruflichen Gründen konnte Sina nur drei Tage bleiben, doch sie versprach, ihren nächsten Urlaub in Wallberg zu verbringen.

Matthias fuhr gleich wieder zurück nach Heidelberg und ließ die Frauen allein. Er war überzeugt davon, dass sich die beiden so viel zu erzählen hatten, dass er eh' nur gestört hätte.

Laura, deren PC inzwischen angekommen und angeschlossen worden war, hatte bereits die Büromaterialien und die Ordner ausgepackt und in einem Regal untergebracht, denn sie hatte vor, ihre Arbeit für das Übersetzungsbüro gleich nach der Hochzeit wieder aufzunehmen. Doch so lange Sina da war, wollte sie ihr das Arbeitszimmer abtreten und hatte deshalb den Schreibtisch zur Seite geschoben, um ihr genügend Platz zu verschaffen.

Nachdem sich Sina mit einer eigens für sie zubereiteten Nudelsuppe ein wenig gestärkt und die letzten Neuigkeiten aus Hannover erzählt hatte, nachdem ihr

Laura das Apartment gezeigt hatte und die Freundin aus dem Staunen nicht mehr herausgekommen war, brachen sie zu einem Rundgang um das Herrenhaus auf, und Moritz begleitete sie dabei.

„Mein Gott Laura, du hast das große Los gezogen", schwärme Sina, als sie durch die Wiesen hinter dem Anwesen streiften. Sie war stehengeblieben und schaute zurück, sah das prächtige Bauwerk inmitten der sanften grünen Hügel liegen und umarmte die Freundin noch einmal. „Du muß dich doch fühlen wie eine Prinzessin."

Laura lächelte. „Ja, du hast recht, es ist traumhaft hier, und ich fühle mich wunderbar."

Natürlich fühlte sie sich wunderbar, Sina hatte recht. Sie hatte einen attraktiven und charmanten Mann, war geborgen im Schoß einer angesehenen und wohlhabenden Familie, sie lebte in einem wunderschönen schlossartigen Gebäude und brauchte sich nicht selbst darum zu kümmern, dass alles so wunderschön blieb, wie es war. Sie konnte tun, was ihr gefiel, und im Grunde hätte sie nicht einmal mehr für das Übersetzungsbüro arbeiten müssen.

Sicher, sie genoss ihr neues Leben, - dennoch hatte sie in den vergangenen Tagen sehr viel über sich nachgedacht. Seit der Begegnung mit Daniel an der Tankstelle hatte sie Angst. Nicht nur davor, dass Matthias etwas herausfinden könnte, sondern vor allem vor sich selbst. Sie hatte nicht mit ihrer Reaktion gerechnet, wenn sie Daniel wiedertraf. In Zukunft würde es wohl kaum bei dieser einen Begegnung bleiben, - würde sie dann stark genug sein, seine Annäherungen jedes Mal abzuwehren? Oder würde sie eines Tages wirklich die Kontrolle über sich verlieren? Sie hatte in sich hineingehorcht, hatte versucht, ganz ehrlich zu sich selbst zu sein, und schließlich hatte sie sich eingestehen müssen, dass sie heftiger in Daniel verliebt war, als sie befürchtet hatte. Natürlich liebte sie auch Matthias, sonst hätte sie seinetwegen wohl kaum ihr altes Leben aufgegeben, um ihm ins Riva-Haus zu folgen. Und doch hatte es keinen Sinn, sich selbst etwas vorzumachen: Mit Daniel war es etwas ganz anderes. Sie liebte ihn, wie sie niemals zuvor einen Mann geliebt hatte, und sie sehnte sich genauso sehr nach ihm, wie er sich nach ihr sehnte. Was sollte sie nur tun?

Hätte ihr eine Freundin eine ähnliche Situation geschildert, hätte sie ihr geraten: 'Folge deinem Herzen!' Doch wie konnte sie selbst diesen Rat befolgen? Sollte sie Matthias, wenige Tage vor der Hochzeit gestehen: 'Ich liebe einen anderen mehr als dich'? Und nicht nur irgendeinen, sondern den taubstummen Daniel, den sie 'Hurensohn' nannten? Der nicht studiert hatte, sondern dem es einfach nur Freude machte, die Natur zum Grünen und Blühen zu bringen und anderen Menschen zu helfen, wenn sie ihn brauchten? Sollte sie Matthias und das Riva-Haus verlassen und auf alles verzichten, was das Leben dort für sie bereithielt und stattdessen zu Daniel in sein kleines einfaches Häuschen ziehen? Was wußte sie denn überhaupt von ihm, was für ein Mensch war er wirklich? Sie hatten sich ineinander verliebt, waren verzaubert voneinander, doch würde ihre Liebe dem Alltagsleben standhalten? Im Grunde waren sie einander doch fremd.

Nein, sie durfte sich nicht zu irgendwelchen fantastischen Träumen hinreißen lassen, sie mußte nüchtern bleiben.

Sie hatte niemals angestrebt, eines Tages in Luxus und Reichtum zu leben, sie war das harte Leben gewohnt, mit dem sie seit dem Tod ihrer Eltern hatte zurechtkommen müssen, doch vielleicht war die Zukunft an Matthias' Seite ein Geschenk des Schicksals, ein Ausgleich für all den erlittenen Kummer in jungen Jahren.

Sie seufzte tief. Sollte sie Sina von dem Schatten erzählen, der sich über ihre Seele gelegt hatte? Würde sie sie verstehen? Würde sie nachvollziehen können, dass ihr Herz zwiegespalten war?

„Matthias hat mir erzählt, dass ihr nach Weihnachten nach Davos zum Skilaufen fahren werdet, um dort eure Flitterwochen nachzuholen. Davos! Du lieber Himmel, Laura! Das wird traumhaft für dich werden. Hättest du dir jemals vorstellen können, eines Tages nach Davos zu kommen?"

Laura lächelte wieder. „Ja, ich freue mich drauf. Ursprünglich wollten wir schon im Herbst fahren, doch ein wichtiger Prozess, den die Kanzlei zu führen hat, macht uns einen Strich durch die Rechnung."

„Naja, aufgeschoben ist nicht aufgehoben", plapperte Sina weiter. „Und deine Schwiegermutter? Hast du dich schon ein bisschen an sie gewöhnt? Ich bin sehr neugierig auf sie. Du hast mir erzählt, dass sie sehr vornehm ist, ein bisschen steif und förmlich, und dass du dich nicht sonderlich wohlfühlst in ihrer Gesellschaft."

Laura winkte ab. „Inzwischen hab ich festgestellt, dass sie auch sehr nett und umgänglich sein kann. Sie ist eben, wie sie ist, keiner kann aus seiner Haut. Jedenfalls ist sie kein böser Drache, wenn du das meinst."

„Und selbst, *wenn* sie das wäre, dir könnte doch gar nichts passieren mit einem solchen Mann wie Matthias an deiner Seite."

Laura nickte. - Nein, entschied sie, obwohl sie beste Freundinnen waren, würde Sina nicht begreifen, was in ihr vorging, dazu war sie viel zu überwältigt von dem, was sie sah. Irgendwann konnte sie vielleicht einmal mit ihr darüber reden. Irgendwann, aber nicht heute.

Der große Tag begann mit strahlendem Sonnenschein, obwohl Regen und sogar Gewitter vorausgesagt worden war. Am Vormittag fand die Trauung im Sitzungssaal des Rathauses statt. Eine stille Handlung, die fast unbemerkt ablief, bei der das Brautpaar nur von Sina und Michael, den beiden Trauzeugen begleitet wurde. Laura trug ein neues cremefarbenes Kostüm, das ihr selbst noch fremd war. Ihr Herz klopfte zum Zerspringen, als der Bürgermeister von Wallberg begann, die Formel zu sprechen: „...Sind Sie, Matthias Riva, gewillt, mit der hier anwesenden Laura Kaufmann den Bund der Ehe einzugehen..."

Matthias schaute sie an und lächelte, und in diesem Augenblick schämte sie sich fast dafür, dass sie die zwiespältige Stimmung der letzten Tage überhaupt zugelassen hatte. Matthias war ein wunderbarer Mensch, der sie liebte, der ihr ein großartiges Heim gegeben hatte und bereit war, ihr alles zu Füßen zu legen, was er besaß und alles mit ihr zu teilen. Tränen traten ihr in die Augen. Sina hatte recht, sie hatte das große Los gezogen.

Nachdem sie die Ringe getauscht hatten, küssten sie sich zärtlich und besiegelten damit ihren Bund fürs Leben.

Auch Sina hatte Tränen in den Augen, und selbst an Michael war die bewegende Zeremonie nicht wirkungslos vorübergegangen.

„Frau Riva, vergessen Sie ihr Täschchen nicht", hörte sie den Bürgermeister hinter sich sagen, als sie sich zum Gehen wandten, doch sie realisierte nicht, dass nun sie damit gemeint war. Erst als Sina ihren Arm nahm und ihr zuflüsterte: „Laura, er meint dich!", wurde ihr bewußt, dass jetzt auch sie eine Frau Riva war.

Als sie wieder im Auto saßen, nahm Matthias sie noch einmal in die Arme. „Ich liebe dich über alles", flüsterte er ihr ins Ohr, und aus tiefstem Herzen antwortete sie ihm: „Ich liebe dich auch, Matthias."

Sie hatten den ersten Schritt getan, vor dem Gesetz waren sie nun Mann und Frau. Der größte Auftritt aber, die Trauung am Nachmittag in der Wallberger Dorfkirche, stand ihnen noch bevor.

Laura hatte sich mit ihren Helferinnen ins Schlafzimmer zurückgezogen. Das Brautkleid war zwar rechtzeitig eingetroffen, es war jedoch noch eine kleine Änderung notwendig, die eine Schneiderin aus dem Dorf vornahm. Für Lauras Frisur war eine junge Frau engagiert worden, die in Ossfelden einen eigenen Salon unterhielt und bekannt dafür war, dass sie wunderschöne Frisuren zauberte. Sie hatte begonnen, das volle dunkle Haar der Braut so aufzustecken und den kurzen Schleier mit Hilfe eines Gebildes aus weißen Blüten so zu drapieren, dass ein paar lockige Strähnen wie zufällig über Stirn und Ohren herabfielen. Dadurch strahlte selbst eine schon von Natur aus so hübsche Frau wie Laura so viel Anmut und Grazie aus, so viel Zartheit und Mädchenhaftigkeit, dass Jenny und Sina, die gebannt zugeschaut hatten, vor Begeisterung kaum die richtigen Worte fanden.

„Oh mein Gott, ich habe nie zuvor eine so hübsche Braut gesehen", schwärmte Jenny, und Sina hatte vor lauter Rührung schon wieder Tränen in den Augen. Beide Frauen hatten sich von Anfang an gemocht, zumal sie sich beide als Lauras Freundin sahen. Sie hatten es sich nicht nehmen lassen, da zu sein, für den Fall, dass ihre Hilfe gebraucht wurde.

Laura ließ wie in Trance alle Vorbereitungen über sich ergehen. Obwohl sie im Augenblick die Hauptperson war, war sie zeitweise mit ihren Gedanken weit fort. Sie dachte an ihre Eltern, stellte sich vor, wie glücklich sie wären, könnten sie diesen Tag miterleben. Szenen aus ihrer Kindheit fielen ihr ein. Sie sah sich, wie sie als kleines Mädchen selbst bei einer Hochzeit hatte Blumen streuen dürfen. Bei ihr würde das ein Zwillingspärchen aus Matthias' Verwandtschaft übernehmen. Mathilda hatte an alles gedacht und alles bis ins kleinste Detail geplant und organisiert. Nicht nur, weil sie großen Wert auf Tradition legte, sondern auch, weil die Hochzeit des ältesten Riva-Sohnes ein großartiges Ereignis für das ganze Dorf sein und allen im Gedächtnis bleiben sollte.

Laura hörte den Frauen zu, wie sie von dem mit Blumengestecken und Girlanden prunkvoll geschmückten Auto sprachen, mit dem sie nach Wallberg zur Kirche fahren sollten. Dabei fiel auch einmal kurz der Name Daniel. Sie zuckte leicht zusammen. War es Daniel gewesen, der das Brautauto geschmückt hatte? Wie mochte ihm dabei zumute gewesen sein? Würde er an der Treppe stehen, wenn sie an Matthias' Arm zum Wagen hinunterschritt? Oder wartete er vor der Kirche auf sie?

Daniel! Sie seufzte tief. Mein Gott, warum mußte sie ausgerechnet jetzt so intensiv an ihn denken? Ob er sehr traurig war, sie als Braut eines anderen zu sehen und sich eingestehen zu müssen, dass er sie nun für immer verloren hatte? Doch hatte er sie verloren? Hatte er sie überhaupt jemals besessen, außer für diese eine Nacht?

Noch immer ließ Laura der Gedanke nicht los, Jenny könnte mehr über Daniel und sie wissen, als ihr recht war. Sie schaute zu ihr hinüber, doch die Schwägerin war dabei, der Schneiderin zur Hand zu gehen und sah es nicht. Das war gut so, dachte Laura. Vielleicht hätte sie sonst die Traurigkeit in ihren Augen bemerkt, die es an einem Tag wie diesem eigentlich gar nicht hätte geben dürfen.

„Laura, wo hast du denn deine Handschuhe hingelegt?", fragte jemand. Sie schreckte aus ihren Gedanken auf.

„Dort drüben auf dem Sessel", antwortete sie schnell.

Dann sah sie sich das erste Mal im Spiegel, den ihr jemand hinhielt. „Und? Gefällst du dir?"

'Oh mein Gott', dachte sie. War das tatsächlich sie? Welche Verwandlung war mit ihr vorgegangen! Und ja, ihr Spiegelbild gefiel ihr. Sie lächelte, denn sie wußte, Matthias würde sehr stolz auf sie sein.

Kurz vor 15 Uhr machte sich der Auto-Korso mit einigen Minuten Verspätung auf den Weg nach Wallberg. Inzwischen waren alle geladenen Gäste angekommen. Für die Verwandten, die aus weiter entfernten Gegenden angereist waren, waren Übernachtungsmöglichkeiten geschaffen worden, denn im Riva-Haus war viel Platz, und auf solche Festlichkeiten war man durchaus eingestellt. Außer den Verwandten waren auch besonders ausgesuchte Geschäftspartner und Berufskollegen unter den Gästen, denn Matthias hatte sich als Juniorchef der Kanzlei und als angesehener und geschätzter Vertreter seiner Zunft längst einen Namen gemacht. Auch aus dem Dorf waren einige honorige Personen auserwählt worden, um an dem Fest teilzunehmen: Der Bürgermeister, der das Paar am Vormittag getraut hatte, ein betagter Arzt, der schon dem Bräutigam auf die Welt geholfen hatte, sowie der Rektor der Schule, der stolz darauf war, dass er den Grundstein für Matthias' beruflichen Werdegang gelegt hatte. Und natürlich würde auch der Pfarrer nach der kirchlichen Zeremonie mit ihnen zusammen an der Festtafel sitzen.

Vor der Kirche hatten sich viele der Dorfbewohner eingefunden. Die Wagenkolonne hielt auf einem nahegelegenen Parkplatz, und dort formierte sich auch der Hochzeitszug, um sich dann langsam in Richtung des Gotteshauses in Bewegung zu setzen. Das Wetter war schön geblieben, und trotz vereinzelter Wolken kam immer wieder die Sonne hindurch und tauchte die Brautleute in ihr strahlendes Licht.

Laura überflog die wartende Menge mit kurzen Blicken. Lächelnd, aber stets bemüht, nicht allzu genau hinzusehen, aus Angst, irgendwo einem Paar dunkelblauer Augen zu begegnen. Sie atmete auf, als sie schließlich den Fuß in die kleine Kirche setzen konnte. Dort war das Licht gedämpft, und im ersten Augenblick fiel es schwer, überhaupt etwas zu erkennen. Das Gemurmel der Menschen in den Bankreihen verstummte, als das Orgelspiel einsetzte, und vom Turm her war das Läuten der Glocken zu hören. Feierlich schritt das Brautpaar auf den Altar zu.

Es war weit nach Mitternacht, als die Feierlichkeiten im Hause Riva dem Ende zugingen. Es war ein schönes Fest gewesen, darüber waren sich alle einig. Im Speiseraum waren zwei lange Tafeln aufgebaut worden, dazu hatte man Tische und Stühle aus dem angrenzenden Konferenzraum verwendet, der zu späterer Stunde als Tanzsaal genutzt wurde. Das Festmahl hatte aus mehreren Gängen bestanden und war so vielseitig gewesen, dass jeder auf seine Kosten gekommen war. Zu Theresas Unterstützung hatte man drei junge Frauen aus dem Dorf engagiert, und ihnen war anzusehen, wie stolz sie waren, zumindest für einen Tag die hellblaue Uniform mit den hübschen weißen Schürzen tragen zu dürfen.
Nach dem Essen wurden Reden gehalten, eine kleine Theatergruppe führte lustige Sketche auf, und die Kaffee-Zeremonie wurde mit dezenter Musik einer Drei-Mann-Kapelle untermalt.
Später zog die Kapelle, verstärkt durch zwei weitere Musiker, in den Konferenzraum, und ihre Musik wurde lauter und lustiger, und, nachdem Laura und Matthias das Tanzvergnügen eröffnet hatten, dauerte es nicht lange, bis sich auch die ersten Gäste auf das Parkett wagten.
Aus Sandra war ein hübsches junges Fräulein geworden, der man ihre erst zwölf Jahre kaum mehr ansah. Die meiste Zeit verbrachte sie mit anderen Jugendlichen aus

der Verwandtschaft, die sich hin und wieder sogar im Tanzen versuchten. Jenny hatte zur Feier des Tages auf ihre Piercings verzichtet. Sie trug ein flaschengrünes Kleid, das wunderbar mit dem Rot ihres Haares harmonierte, und Michaels Blicke folgten ihr voller Stolz. Die blonde Sina hatte es einem Cousin der Riva-Brüder angetan, er wich ihr nicht mehr von der Seite, und es schien, als sei sie darüber keinesfalls ärgerlich gewesen. Den Brautstrauß fing eine von Mathildas Nichten, und mit verlegenem Lächeln und leichtem Erröten ließ sie das Lachen und Klatschen und die Glückwünsche der anderen Gäste über sich ergehen.

Mathilda trug ein schmales Kleid aus schwarzer Seide, dazu zur Feier des Tages ihren aufwendigen und sehr wertvollen Goldschmuck. Ihr Auftreten war einer Herrin durchaus angemessen. Auch Paul Riva hatte sichtlich Spaß an der Tanzerei. Er lachte und scherzte und machte Komplimente, und sogar Mathilda schien es zu genießen, wenn er sie bei einem Walzer auf dem Tanzboden herumwirbelte. Und, wie Laura feststellte, sie machte keine schlechte Figur dabei.

Ganz allmählich war der Saal leerer geworden, immer wieder verabschiedeten sich einige der Gäste oder zogen sich auf ihre Zimmer zurück.

Schließlich waren auch Matthias und Laura an einem Punkt angelangt, an dem sich der Stress des Tages bemerkbar machte. Das gute Essen, der Sekt und die Tanzerei hatten das Ihre dazu beigetragen. Müde und matt erreichten sie schließlich ihr Schlafzimmer, und als erstes schleuderte Laura ihre Schuhe von den Füßen. Dabei geriet sie ins Taumeln, und lachend fing Matthias sie auf, umarmte sie stürmisch und küsste sie leidenschaftlich.

„Das war der schönste Tag meines Lebens, mein Herz", sagte er und begann, am Reißverschluss ihres Kleides zu nesteln.

„Oh ja, es war wunderschön", antwortete Laura. Sie war nicht betrunken, doch der Sekt hatte seine Wirkung getan, und sie hatte Mühe, Matthias' Fliege zu entfernen und sein Hemd zu öffnen. „Weißt du was wir jetzt machen?", fragte er und kicherte ein wenig.

„Sind wir denn nicht zu müde dazu?", fragte sie und küsste sein Ohrläppchen.

„Dazu ist man nie zu müde", meinte er grinsend, verlor aber nun ebenfalls das Gleichgewicht und zog sie mit sich auf das Bett. Sie lachten beide, und es machte ihm Spaß, nun die kunstvolle Frisur, die so lange gehalten hatte, zu zerstören.

„Weißt du, was wir jetzt machen, mein Schatz?", fragte er noch einmal. „Jetzt machen wir ein Baby."

Laura zuckte zusammen und war plötzlich wieder ganz klar und nüchtern.

„Und vielleicht haben wir das ja auch längst schon geschafft und wissen es nur noch nicht", redete er weiter.

„Ja, vielleicht."

Es war ihre Hochzeitsnacht, sie wußte, was Matthias von ihr erwartete, und sie tat alles, was getan werden mußte, um ihn glücklich zu machen. Doch ihre Gedanken waren auf einmal ganz weit fort.

Eines Tages war Matthias, anstatt sich von Weber im Kanzlei-Auto nach Hause chauffieren zu lassen, mit einem fremden Auto hinter ihm hergefahren. Mit einem kleinen schwarzen Corsa, der Lauras ehemaligem Wagen von Hannover fast bis ins kleinste Detail glich. Er parkte ihn vor der Freitreppe, benutzte dann aber den Eingang, der von der Garage in die Halle führte.

Laura, die die Limousine mit Weber gehört hatte, ging ihm entgegen.

„Hey, weißt du vielleicht, wer da zu Besuch gekommen ist?", fragte er mit ernster Miene, als sie sich begrüßten.

Laura verstand nicht, was er meinte. „Besuch?", fragte sie. „Bei mir ist niemand. Vielleicht bei Michael und Jenny?"

„Seltsam, irgendwie kommt mir das Auto bekannt vor. Ich muß es irgendwo schon mal gesehen haben."

„Was für eines ist es denn?" Sie hängte sich bei ihm ein und wollte ihm in ihr Apartment folgen, doch in der Halle lenkte er den Schritt zur Eingangstür. „Du solltest es dir vielleicht mal ansehen."

Als er die Tür öffnete und sie das Auto vor der Treppe stehen sah, begriff sie noch immer nicht. Im Gegenteil, sie seufzte tief und stellte fest: „Es sieht aus, wie meines in Hannover, findest du nicht auch?"

Er lachte hinter ihrem Rücken. „Vielleicht ist es das ja sogar. Es könnte dir von Hannover aus gefolgt sein. Von Katzen hat man sowas schließlich auch schon gehört, dass sie kilometerweit..."

Sie schaute sich nach ihm um, sah sein Lachen und das Blitzen in seinen Augen, und dann begriff sie.

„Ist das meines? Mein neues?", fragte sie. Dann wußte sie nicht, was sie zuerst tun sollte, - Matthias umarmen oder die Treppe hinunterlaufen. Beim Versuch, beides gleichzeitig zu tun, wäre sie fast gestolpert, und er konnte sie gerade noch auffangen. Er folgte ihr die Treppe hinunter und stieg zu ihr in den Wagen, wo sie schon hinter dem Steuer saß und alles genauestens untersuchte.

„Du glaubst nicht, wie ich mich freue", sagte sie und küsste ihn noch einmal stürmisch. „Jetzt muß ich mir keines mehr ausleihen. Und dann auch noch einen Corsa wie in alten Zeiten. Das ist einfach herrlich."

Gleich am nächsten Tag beschloss sie, mit dem neuen Wagen zum Einkaufen in den Supermarkt zu fahren. Zur Feier des Tages, und weil sie sich besonders gut fühlte, kaufte sie verschiedenes ein, was sie eigentlich gar nicht gebraucht hätte, und als sie an der Kasse fertig war und ihre Sachen im Korb verstaut hatte, beschloss sie, sich noch eine Weile in das kleine Café zu setzen, einen Kaffee zu trinken und sich ein Stück Kuchen zu genehmigen. Sie hatte bemerkt, dass sie in letzter Zeit ein bisschen übertrieb mit allem, was süß schmeckte, doch sie sagte sich, dass es reichen würde, erst am nächsten Tag damit anzufangen, den Appetit darauf ein wenig zu zügeln

Sie biss kräftig in ihr Makronentörtchen und trank einen Schluck Kaffee dazu, als plötzlich ein Schatten über den Tisch fiel, und als sie den Blick hob, stand Daniel neben ihrem Tisch. Durch Heben der Augenbrauen und einer entsprechenden Handbewegung fragte er sie, ob er sich zu ihr setzen dürfe.

„Hallo Daniel! Natürlich, komm setz dich."

Er lächelte, dankte ihr mit einem kurzen Kopfnicken und nahm ihr gegenüber Platz.

Sie hatte sich schnell wieder gefangen, denn hier im Supermarkt, den Tisch zwischen sich und ihm, konnte ihr nichts passieren, und sie fühlte sich sicher.

„Wie geht's dir?" fragte sie lächelnd.

Er nickte und hob die Schultern, was soviel heißen sollte wie: 'Es geht schon.' Dann zog er seinen kleinen Block und einen Stift aus der Hemdtasche und schrieb: „Ich muß immer noch dauernd an dich denken. Ich kann einfach nichts dagegen tun!"

Was sollte sie ihm antworten? Er wußte doch genau, dass es keinen Sinn hatte.

„Ach, Daniel", sagte sie nur, seufzte tief und schob ihm seinen Block ohne eine Antwort wieder zurück. Dann griff sie aber doch noch einmal danach. Da gab es etwas, worauf sie gern schon lange eine Antwort gehabt hätte. „Darf ich dich mal was fragen?"

Er nickte

„Hast du eigentlich schon häufiger so ganz spontan mit einer fremden Frau geschlafen?"

„Nein, niemals zuvor!", schrieb er.

„Warum dann mit mir?"

Er suchte ihren Blick, und es fiel ihr schwer, den blauen Augen standzuhalten. Dann antwortete er: „Ich hab dich vom Bahnhof her über den Platz kommen sehen, und später hast du im Krug aus dem Fenster geschaut. Da dachte ich..."

„Ja?"

„Ich dachte, das ist genau die Frau, von der ich schon mein Leben lang geträumt habe."

„Hattest du nie eine Freundin?"

„Doch, ich war eine Zeitlang mit einem Mädchen aus

dem Dorf zusammen."

„Lange?"

„Fast zwei Jahre."

„Und dann?"

Er hob wieder die Schultern. „Dann fand sie es wohl nicht mehr interessant genug mit einem, der nicht reden konnte."

„Hast du sie geliebt? Warst du sehr traurig, als sie gegangen ist?"

„Damals glaubte ich, ich sei verliebt. Aber dann war es gar nicht so schlimm, wieder allein zu sein. Es war ok."

Sie nickte.

Er schob ihr noch einmal den Block zu. „Darf ich dich jetzt auch mal was fragen?"

„Natürlich."

„Hast *du* eigentlich schon häufiger so ganz spontan mit einem fremden Mann geschlafen?"

Sie mußte lächeln, weil er dieselben Worte gewählt hatte, wie sie. „Nein, niemals!"

„Warum dann mit mir?"

„Ich weiß es nicht, ich kann es nicht erklären."

Sie dachte nach. „Als ich dich sah, war ich irgendwie… verzaubert." Und mit einem Blick in seine Augen fügte sie hinzu: „Du hast mich verhext, 4-1-14-9-5-12!"

„Ich liebe dich auch", schrieb er.

Er wollte noch mehr schreiben, doch in diesem Moment kam ein Junge lachend auf ihn zugerannt und fiel ihm mit einem „Daniel!" stürmisch um den Hals. Schnell steckte er den Block zurück in seine Hemdtasche.

Der Junge war etwa zehn Jahre alt, er hatte das Down-Syndrom. Eine rundliche Frau mittleren Alters folgte ihm

94

mit prall gefüllten Tragtaschen und hatte Mühe, ihn einzuholen.

„Willie, langsam. Siehst du denn nicht, dass sich Daniel gerade unterhält?"

Der Junge strahlte Laura an und tippte Daniel auf die Brust. „Das ist mein Freund", sagte er, „und ich bin sein Freund. Bist du auch sein Freund?"

„Entschuldigen Sie", wandte sich die Frau an Laura, „wenn er sich freut, kann man ihn kaum mehr zurückhalten."

„Bist du auch sein Freund?", fragte Willie noch einmal ungeduldig.

„Natürlich bin ich auch sein Freund", antwortete Laura lächelnd, und der Junge strahlte wieder, beugte sich zu Daniel hinüber, nahm sein Gesicht in seine Hände und sagte: „Sie ist auch dein Freund."

Der Frau war die Szene peinlich. „Willie ist ganz verrückt nach Daniel, weil er so viel für uns tut. Er hat uns heute hergefahren, weil Willies Vater nicht zu Hause war und wir kein anderes Auto finden konnten. Er ist ein so guter Kerl, der Daniel."

Daniel hatte die Szene mit einem Lachen verfolgt. Nun stand er auf und griff sich eine der vollgepackten Taschen. Er zwinkerte Laura zu und machte Willie und der Frau ein Zeichen, das ihnen signalisierte, dass er bereit war, aufzubrechen. Als sie gingen hing Willie hopsend an Daniels Arm, und der schaute sich nach ein paar Schritten noch einmal nach Laura um, berührte seine Lippen mit zwei Fingern und warf ihr einen imaginären Kuss zu.

6.

Wenn sich eine junge Frau häufiger nach dem Aufstehen übergeben muß, würde sie das nicht unbedingt für eine Magenverstimmung halten. Auch Laura war klar, was das zu bedeuten hatte: Sie war schwanger. In gewisser Weise hatte sie es erwartet, denn sie hatten nicht verhütet. Sie beschloss, Matthias vorerst noch nichts davon zu sagen, bevor sie nicht in etwa wußte, wann das Kind zur Welt kommen würde. Sie rechnete. Falls der Geburtstermin im Mai oder Juni lag, mußte sie sich keine Sorgen machen, war es jedoch früher soweit... Nein, darüber wollte sie jetzt noch gar nicht nachdenken. Unnötige Ängste und Aufregungen waren nicht gut,- weder für die Mutter, noch für das Kind.

Nachdem sie wieder einmal bleich und elend im Badezimmer über das Waschbecken gebeugt gespuckt hatte, griff sie zum Handy und schickte eine Nachricht an Jenny: „Hast du ein paar Minuten Zeit? Kann ich schnell mal rüberkommen?"

„Aber klar", kam die Antwort. „Wir sind gerade beim Frühstück. Bist herzlich dazu eingeladen."

Der Gedanke an ein Frühstück löste wieder Übelkeit bei ihr aus, doch ein Kaffee wäre vielleicht nicht verkehrt, sagte sie sich.

„Mein Gott, Laura, bist du krank?", wurde sie von Jenny begrüßt, als sie ihr die Tür öffnete. „Du bist ja bleich wie der Tod. Was ist denn passiert?"

Laura lächelte schwach. „Nichts Außergewöhnliches."

Sie setzte sich an den gedeckten Tisch, vermied es aber, Sandra zuzusehen, wie sie genüsslich in ein Nutellabrot biss. Sebastian war fast fertig mit seinem Brei, konnte aber kaum erwarten, endlich von seinem Stuhl hinunterzukommen.

„Nein, Basti, die letzten zwei Löffelchen auch noch", drängte ihn Jenny, „sonst wird's heut nichts mit dem Spielplatz."

Erst zog er ein langes Gesicht, doch dann hellte sich seine Miene auf, und er wandte sich an die Besucherin.

„Kommste auch mit zum Spielplatz, Tante Laura?"

„Vielleicht", antwortete sie, „aber natürlich nur, wenn du dein Schüsselchen leer machst."

Jenny holte eine Tasse aus dem Schrank, schenkte Laura Kaffee ein und hielt ihr den Korb mit den Brötchen hin. „Komm, nimm dir eines."

„Nein danke, kein Brötchen. Das einzige, was ich brauche, ist die Adresse deines Arztes."

Jenny hielt erschrocken inne, dann sah sie Lauras Lächeln und verstand. „Du meinst, von meinem Frauenarzt?"

Die Schwägerin nickte.

„Oh, mein Gott, Laura!" Jenny sprang auf und umarmte sie. „Du bist schwanger? Ich freu mich so für dich."

Sandra grinste. „Wird Zeit, dass der Basti endlich einen Spielkameraden kriegt, damit nicht immer *ich* herhalten muß."

„Oh je, das wird wohl noch eine Weile dauern, bis du abgelöst werden kannst."

„Weiß es Matthias schon?", fragte Jenny.

Laura schüttelte den Kopf. „Ich will erst wissen, wie weit ich bin, damit ich ihm ein ungefähres Datum sagen kann."

„Er wird außer sich vor Freude sein."

Laura zog die Stirn in Falten. „Das hoffe ich doch. Eigentlich hat er ja nicht so gern Chaos um sich."

Jenny lachte. „Daran wird er sich gewöhnen, er ist doch eh' die meiste Zeit des Tages in der Kanzlei. Und wenn das Kleine erst mal so alt ist, dass er ein bisschen was mit ihm anfangen kann, dann wird er sich von ihm um den Finger wickeln lassen. Ganz besonders, wenn es ein Mädchen sein sollte. Die Männer behaupten zwar immer, sie wünschen sich einen Stammhalter, aber wenn sie dann eine Tochter bekommen, ist sie ihre Prinzessin, und sie lesen ihr jeden Wunsch von den Augen ab."

Sandra grinste wieder. „Schön wär's!"

„Naja, jedenfalls solange sie klein sind."

Laura versuchte, sich Matthias auf dem Fußboden sitzend vorzustellen, wie er mit einer Eisenbahn spielte, oder eine Puppe bewunderte und nötigenfalls gar reparierte. Irgendwie wollte ihr das nicht recht gelingen. Obwohl, vielleicht würde ein Kind ein wenig mehr Leichtigkeit und Lockerheit in sein Leben bringen. Manchmal konnte ein Kind Wunder bewirken.

„Mein Arzt ist übrigens eine Ärztin", sagte Jenny. „Eine sehr nette sogar. Warte, ich schreibe dir ihre Adresse und ihre Telefon-Nummer auf." Sie suchte nach einem Zettel. „Weißt du was?", sagte sie dann, „wenn du einen Termin hast, sag mir bescheid, dann fahren wir zusammen nach Ossfelden. Ich muß mich eh' mal wieder beim Verlag sehen lassen."

Jenny hatte den Wagen in der Tiefgarage unter dem Ossfelder Marktplatz geparkt.

„Wirst du die Praxis finden, oder soll ich dich hinbringen?", fragte sie Laura, als sie die Stufen zur Straße hinaufstiegen.

„Ich habe auf dem Stadtplan nachgeschaut. Von hier aus kann es nicht weit sein."

„Etwa fünf Minuten zu laufen. Da hab ich's ein bisschen weiter zum Verlag."

„Wo treffen wir uns? Wir werden nicht zur selben Zeit fertig sein."

Jenny wies hinüber zu der kleinen Kirche an der Schmalseite des Marktplatzes. „Vielleicht dort drüben im Markt-Café neben der Kirche? Das ist sehr hübsch und gemütlich."

„Gut." Laura war einverstanden.

Jenny legte ihr die Hand auf den Arm und lächelte. „Ich wünsche dir, dass alles in Ordnung ist. Hoffentlich mußt du nicht zu lange warten. Einen Termin zu haben heißt nicht immer, dass man gleich drankommt."

Laura mußte nicht sehr lange warten. Im ganz in Weiß gehaltenen Wartezimmer saßen nur wenige Frauen. Sie beobachtete sie aus den Augenwinkeln, während sie in der Zeitschrift blätterte, die sie vom Tisch genommen hatte. Ob die anderen Frauen auch schwanger waren? fragte sie sich. Aber nein, sie mußte lächeln, die ältere Dame mit den schon grauen Haaren gewiss nicht. Aber das junge Mädchen vielleicht, das aufgeregt auf dem Stuhl hin- und herrutschte? Möglicherweise war sie aber auch das erste Mal bei einer Gynäkologin, um sich die

Pille verschreiben zu lassen.

Laura hatte nie die Pille genommen. One-Night-Stands waren für sie nicht in Frage gekommen, und bei dem einzigen festen Freund, den sie vor Matthias gehabt hatte, hatte sie aufgepasst. - Sie seufzte tief. Ja, ja, sie wußte, dass man nicht allein wegen des Kinderkriegens verhüten sollte. Sie war leichtsinnig gewesen. Dieses Mal, und auch damals schon.

Als sich die Tür öffnete, hielt sie die Frau mit den blonden Locken, die sie aufrief, für eine Helferin, doch es war die Ärztin persönlich. Laura mochte sie, sie machte einen freundlichen und vertrauenserweckenden Eindruck. Was sie ihr jedoch nach der Untersuchung mitteilte, gefiel ihr weniger, denn sie hatte den Geburtstermin auf Ende März datiert. Das hatte Laura erschreckt, denn das bedeutete, dass der Empfängnistermin mit ihrem Eintreffen in Wallberg oder im Herrenhaus zusammenfiel. Sie redete sich ein, dass das nicht unbedingt etwas zu bedeuten haben mußte, denn seit sie ihm Riva-Haus lebte, hatte sie schließlich jede Nacht mit Matthias verbracht. Trotzdem gab es ihr einen Stich im Magen, wenn sie darüber nachdachte. Was wäre, wenn ihr Kind blondes Haar und blaue Augen hätte? Weder Matthias noch einer seiner Verwandten waren blond. Aber waren nicht viele Kinder als Säuglinge blond und hatten blaue Augen? Konnte man nicht erst sehr viel später sagen, wie sich ein Kind äußerlich entwickeln würde?

Doch was, wenn es mit vier oder fünf Jahren immer noch blond wäre? Oder wenn es gar Daniels Behinderung erben würde und weder hören noch sprechen könnte? -

Nein, nein, - energisch schob sie diese Vorstellung weit von sich. Darüber nachzudenken hatte sie später noch Zeit.

Ganz in Gedanken versunken hatte sie den falschen Weg zurück zum Marktplatz eingeschlagen, und plötzlich wurde sie von einer Demonstration aufgehalten. Hunderte von Menschen hatten sich versammelt und schoben sich langsam, aber mit lauten Parolen durch die Straße. Einige von ihnen trugen Schilder oder Transparente. 'HalsabSchneider', las sie, 'Finger weg von der Mozartstraße' und 'Wir werden bleiben und kämpfen.' Es waren Männer und Frauen jeden Alters, sie entdeckte sogar Kinder in ihrer Mitte.

Laura bemerkte einen Fotografen, der die Szene von allen Seiten fotografierte und sogar Nahaufnahmen von den protestierenden Menschen machte. Danach postierte er sich, immer noch fotografierend, neben Laura.

Sie sah ihm eine Weile zu und fragte dann: „Wogegen wird denn da protestiert?"

Er schaute verwundert auf sie hinunter und antwortete dann mit einer Gegenfrage: „Sie sind nicht von hier, was?"

„Nein, bin ich nicht."

„Sie demonstrieren gegen den Schneider, der sie aus ihren Wohnungen vertreiben will."

Laura erinnerte sich, dass sie den Namen Schneider schon einmal gehört hatte, wußte aber nicht mehr, in welchem Zusammenhang.

„Den Bauunternehmer Schneider?" fragte sie.

„Ja, genau den, den Baulöwen aus Heidelberg.“

„Warum tut er das, was hat er denn mit ihnen vor?“

„Er hat einen ganzen Straßenzug in der Morzartstraße gekauft, um Luxus-Wohnungen daraus zu machen, die sich die armen Schweine dort,“ er wies auf die Demonstranten, „dann nicht mehr leisten können. Er lässt die alten Wohnungen verrotten, in der Hoffnung, dass die Mieter freiwillig ausziehen. Sie haben ja keine Ahnung, wie manche von ihnen hausen. Das ist kein menschenwürdiges Leben mehr. Aber wo sollen sie denn hin? Viele von ihnen sind alt und haben ihr ganzes Leben in der Mozartstraße verbracht.“

Laura war betroffen, sie hatte Mitleid mit den Menschen.

„Kann man denn da gar nichts tun? Vom Demonstrieren allein wird er sich sicher nicht umstimmen lassen.“

Der Fotograf lachte auf. „Nein, sicher nicht. Einige von ihnen sind zwar gerichtlich gegen ihn vorgegangen, aber Hoffnung, dass es gut für sie ausgehen könnte, haben sie nicht. Der Schneider kann sich natürlich die besten Anwälte leisten.“

Laura stutzte, eine Ahnung überfiel sie. „Welche Anwälte vertreten denn so einen Mann?“, fragte sie und tat arglos.

„Na, wer schon! Die Rivas. Die verteidigen doch alle diese Bonzen und Geldsäcke. Denen geht's nur darum, an wem *sie* am meisten verdienen. Die kleinen Leute sind denen doch scheißegal.“ Er lächelte schief. „T'schuldigung, aber so ist es doch.“

'Oh mein Gott', dachte Laura. Das hatte sie nicht gewußt. Im Plombier-Prozess in Hannover war es noch um Recht und Gerechtigkeit gegangen, aber dies hier war etwas anderes.

Sie wußte nicht, ob sie Jenny erzählen sollte, was sie gesehen und gehört hatte, als sie sich im Café trafen.

Jenny saß bereits vor einem Stück Torte und schaute der Schwägerin neugierig entgegen.

„Wie war's? Sie ist eine überaus liebenswerte Person, findest du nicht auch?"

Dann bemerkte sie, dass Laura ein bedrücktes Gesicht machte, als sie sich zu ihr setzte.

„He Laura, ist alles in Ordnung mit dem Baby?" fragte sie vorsichtig.

Laura nickte und lächelte. „Ja, Jenny, es ist alles in bester Ordnung, es wird Ende März zur Welt kommen. Entschuldige, wenn ich dich erschreckt habe. Es ist etwas anderes, was mich bedrückt."

Zwar war es nicht nur das, was sie gerade auf der Straße erlebt hatte, was sie bedrückte, es war auch die Tatsache, dass das Kind schon im März zur Welt kommen sollte. Doch das konnte sie Jenny nicht sagen.

„Hast du von dem Prozess gegen den Schneider gehört?", fragte sie stattdessen. „Du weißt schon, den Baulöwen aus Heidelberg."

„Ja, Mike hat ihn mal erwähnt."

„Ich bin gerade den Menschen begegnet, die er aus ihren Wohnungen ekeln will. Sie demonstrieren gegen ihn."

„Da werden sie sicher kein Glück haben", entgegnete Jenny.

„Aber das ist doch ungerecht."

„Klar ist es das. Sie tun mir auch leid. Aber so ist das nun mal, die Reichen können sich alles leisten."

Laura schluckte. „Aber wir gehören dazu, Jenny. Es ist, als würden auch wir ihnen Unrecht tun, verstehst du?"

„Ja, ich weiß, was du meinst. Aber was sollen wir denn machen, du und ich?"

„Was sagt denn dein *Anstupfer* dazu? Der könnte doch mal seinen Senf dazugeben."

Jenny grinste verschmitzt. „Er war gerade im Verlag. In den nächsten Tagen wird man im Ossfelder Tagblatt lesen können, wie *er* darüber denkt."

Dann wurde sie wieder ernst und seufzte. „Aber bringen wird das wohl auch nichts."

Bei einem der nächsten Termine bei der Gynäkologin wurde eine Ultraschallaufnahme gemacht, und fasziniert hielt Laura das Bild in den Händen. Man konnte tatsächlich schon ganz deutlich die Umrisse des kleinen Menschleins erkennen. Ursprünglich hatte sie das Geschlecht des Kindes noch nicht wissen wollen, sie war dann aber doch von Neugier geplagt gewesen und erfuhr: Es war ein Junge. Wenn Matthias nichts dagegen hatte, wollte sie ihn Dominik nennen, ein Name, der ihr schon immer gut gefallen hatte. Sie sagte ihn laut vor sich hin: „Dominik Riva", und sie fand, das klang wunderschön.

Immer wieder nahm sie im Laufe des Tages das Ultraschallbild zur Hand und betrachtete es voller Zärtlichkeit. Ach, im Grunde war es ihr gleichgültig, wie der Kleine einmal aussehen würde. Er war ihr Kind, ihr kleiner Junge, und sie würde ihn so annehmen und liebhaben, wie er war. Komme, was da wolle.

Sie konnte es kaum erwarten, bis Matthias nach Hause

kam, denn sie wollte ihn mit dem Bild überraschen. 'Ich habe mich verliebt', wollte sie zu ihm sagen. 'Verliebt in einen wunderschönen jungen Mann.' Und wenn er dann vor Eifersucht die Stirn in Falten legen würde, wollte sie ihm lachend die Aufnahme zeigen. Sie freute sich schon jetzt auf seine Reaktion.

Doch als er heimkam, stand die steile Falte bereits auf seiner Stirn, bevor er sie begrüßte. Sie merkte sehr schnell, dass es um seine Laune nicht zum Besten bestellt war. Eilig schob sie das Ultraschallbild in die Hosentasche. „Matthias, was ist denn?"

„Es ist nichts", meinte er.

Er küsste sie nur flüchtig, nahm sie aber nicht in den Arm, wie er es für gewöhnlich tat.

Laura war bestürzt. „Matthias, sag mir doch, was los ist. Habe ich etwas falsch gemacht?"

Er seufzte tief und versuchte zu lächeln. „Laura..."

Müde ließ er sich auf die Couch fallen, wies neben sich und streckte den Arm nach ihr aus. „Laura, komm mal her, wir müssen miteinander reden."

Ja, dachte sie, ich muß dir erzählen, dass wir ein Baby haben werden. Doch zuerst wollte sie wissen, warum er so missgestimmt war. Sie setzte sich zu ihm. „Ja?"

„Laura, mir ist da etwas zu Ohren gekommen. Ich habe erfahren, dass du vor kurzem mit bestimmten Leuten im Supermarkt-Café zusammengesessen bist. Du bist dort gesehen worden."

Laura wunderte sich. „Ja, das ist richtig. Aber was heißt denn 'mit gewissen Leuten'?"

Er war ärgerlich. „Du weißt genau, was ich meine."

Sie hob die Schultern. „Nein, das weiß ich nicht. Ich hab

einen Kaffee getrunken, und dann ist Daniel gekommen und hat sich zu mir gesetzt. Na und?"

„Und was war mit der Schönfelder und ihrem Idioten?"

„Du meinst den Willie mit dem Down-Syndrom? Er ist doch kein Idiot, Matthias. Und seine Mutter kannte ich bis dahin überhaupt nicht. Daniel hat sie…"

Matthias unterbrach sie heftig. "Ich wünsche nicht, dass du dich mit diesen Leuten abgibst, Laura", sagte er streng, „weder mit der Schönfelder noch mit Daniel Eriksson. Wir haben mit diesen Leuten nichts zu schaffen, und so soll es auch bleiben."

Laura war fassungslos. „Aber Matthias…"

„Ich will das nicht, hast du mich verstanden?"

Laura wagte trotzdem, ihm zu widersprechen. „Warum sollte ich nicht mit Daniel reden, wenn ich ihn unterwegs treffe? Schließlich arbeitet er für uns."

„Ganz genau, er *abeitet* für uns, und darüber kann er froh sein. Das bedeutet aber nicht, dass wir ihn behandeln wie unseresgleichen."

Laura spürte Zorn in sich aufsteigen und rang nach Worten.

„Diesbezüglich mußt du dir kein Beispiel an Jenny nehmen", fuhr er fort. „Wenn Michael nichts gegen die Leutseligkeit seiner Frau hat, dann ist das sein Problem. Und wo wir schon mal bei Jenny sind. Ich sehe es auch nicht besonders gern, wenn du zuviel Zeit mit ihr verbringst. Schön, sie ist die Frau meines Bruders, es wird sich nicht immer vermeiden lassen, mit ihr zusammen-zutreffen, doch das ändert nichts an der Tatsache, dass sie nicht in unsere Familie passt. Du solltest es also nicht übertreiben. Wenn du Unterhaltung suchst, dann wende dich an Mutter. Sie würde sich sehr freuen, wenn du sie hin und wieder aufsuchen würdest. Sie hat dich nämlich sehr gern, gerade *weil* du anders bist, als Jenny."

Laura brachte kein Wort heraus. Vergessen war der Plan, Matthias mit dem Ultraschallbild zu überraschen. Nein, diese Art der Unterhaltung passte *ihr* nicht. Abrupt stand sie auf und wollte gehen, doch Matthias hielt sie am Handgelenk zurück. Er lächelte nun, und in seinem Blick lag schon wieder ein Anflug von Zärtlichkeit.

„Laura, ich meine es doch nur gut mit dir. Es gibt Menschen, die passen einfach nicht zu uns, und von denen sollte man sich fernhalten. Du bist etwas ganz Besonderes..."

Sie machte sich heftig von ihm los. „Nein, ich bin nichts Besonderes. Und ich will auch gar nichts Besonderes sein." Sie lief in Richtung Tür, doch bevor sie sie erreicht hatte, war er aufgesprungen und versperrte ihr den Weg. Er hielt sie fest, nahm sie ganz fest in seine Arme und küsste sie auf die Stirn. „Ich will dich doch nicht ärgern, Laura. Ich liebe dich über alles, und ich weiß, dass du dich erst an die hiesigen Gegebenheiten gewöhnen mußt. Das Leben im Riva-Haus ist eben etwas anderes, als das Leben unten im Dorf."

Sie hätte so vieles dazu sagen mögen, doch sie fühlte sich seltsam hilflos, deshalb schwieg sie und presste die Lippen fest aufeinander. Matthias würde nicht von seiner Sicht der Dinge abzubringen sein, ohne dass es Streit gab, das war ihr klargeworden, und Streit war das Letzte, was sie wollte. In Zukunft würde sie trotz allem tun, was *sie* für richtig hielt.

Als er merkte, dass etwas in ihrer Hosentasche steckte,

stutzte er und zog es mit einer Selbstverständlichkeit heraus, die Laura wiederum wütend machte.

„Was ist denn das?", fragte er. Er schien nicht gleich zu verstehen.

Sie griff danach, doch er zog es aus ihrer Reichweite. „Wonach sieht es denn aus?", fragte sie spitz.

„Das ist doch... Laura, du bist...?" Seine Augen fingen an zu strahlen. „Du bist schwanger, Laura? Warum hast du denn das nicht gleich gesagt?"

Heftig riss sie ihm die Aufnahme aus der Hand. „Weil es für dich sehr viel wichtigere Dinge gab, die du mit mir klären musstest", sagte sie und konnte nicht verhindern, dass ihr die Tränen in die Augen traten. „Und jetzt laß mich in Ruhe. Ich fühle mich nicht gut und werde mich etwas hinlegen."

„Laura...!", rief er ihr nach. Er wollte ihr folgen, doch sie hatte die Tür schon hinter sich zugeschlagen.

In ihrem Zimmer schloss sie sich ein und weinte. Nicht nur, weil sie es sich anders vorgestellt hatte, Matthias von dem Baby zu erzählen, und nicht nur, weil sie gezwungen werden sollte, nur so zu handeln, wie es der Familie Riva genehm war, sondern vor allem, weil sie Matthias in Hannover als einen ganz anderen kennengelernt hatte. Wie konnte er hier nur so überheblich und arrogant sein?

Eine gute Stunde später, sie hatte sich tatsächlich ein bisschen hingelegt, hörte sie, wie er von außen die Klinke hinunterdrückte. Sie rührte sich nicht. Eigentlich hätte sie sich gewünscht, er wäre ihr gleich nachgekommen und hätte sich für sein Verhalten entschuldigt, doch diese Möglichkeit schien ihm gar nicht in den Sinn gekommen zu sein.

„Laura, mach auf!" Seine Stimme klang ungehalten. „Sei nicht albern. Wir können doch noch einmal über alles reden."

Sie schloss auf und öffnete die Tür, zog sich aber gleich wieder auf die Couch zurück.

„Laura, du hast keinen Grund, die Beleidigte zu spielen", meinte er kopfschüttelnd. Dann sah er ihre verweinten Augen. Er strich ihr über die Wange. „Liebes, es war doch nicht so gemeint, ich will dir doch nichts Böses. Und jetzt, wo du schwanger bist, schon gar nicht."

Sie richtete sich auf. „Das hat nichts mit meiner Schwangerschaft zu tun, Matthias. Du kannst mich nicht bevormunden, wie ein kleines Kind. Ich habe mein Leben lang für mich selbst sorgen müssen, deshalb weiß ich auch selbst am besten, was für mich gut ist, und was nicht. Es ist nicht mein Ding, Menschen in zwei Klassen einzuteilen. In die einen, die mir angeblich ebenbürtig sind und die anderen, die deiner Meinung nach weit unter mir stehen. Für mich sind alle gleich, sofern sie sich anständig ihren Mitmenschen gegenüber verhalten."

Er strich ihr über das Haar. „Das verstehe ich doch, aber..."

„Da gibt es kein Aber. Hätte ich Daniel wegschicken sollen, als er sich zu mir gesetzt hat? Er hat den kleinen Willie und seine Mutter zum Einkaufen in den Supermarkt gefahren, weil sie sonst niemanden gefunden haben, der es hätte tun können. Und ehrlich gesagt, ich fand das sehr nett von ihm."

„Darum geht es doch gar nicht."

„Nicht? Worum geht es dann?"

„Ich habe versucht, es dir zu erklären. Wir haben durch die Kanzlei mit ganz anderen Leuten zu tun, mit honorigen Persönlichkeiten, die wichtige Rollen und Ämter innehaben..."

„Und viel Geld."

Zornig rückte er ein Stück von ihr ab. „Das hat nichts mit Geld zu tun."

„Natürlich hat es das! Reiche Leute müssen sich gegenseitig helfen, damit sie reich bleiben. Die wollen mit dem armen Fußvolk nichts zu tun haben. Warum sonst lässt der Baulöwe Schneider die Wohnungen in der Ossfelder Mozartstraße verkommen? Damit die Mieter endlich ausziehen und er sie zu Luxus-Appartements umfunktionieren kann."

Matthias' Gesicht hatte sich verfinstert. „Was verstehst denn du davon!", fuhr er sie an.

„Ich bin nicht blöd, Matthias. Ich habe Augen und Ohren im Kopf. Die armen Leute haben immer das Nachsehen, während die Reichen auf ihre Kosten immer reicher werden."

„Auch der Schneider muß sehen, wo er bleibt. Wenn er seine Firma erhalten will und dadurch eine Unzahl von Arbeitsplätzen sichert, kann er keine Rücksicht auf ein paar Leute nehmen, die dadurch den Kürzeren ziehen."

„Er würde auch ohne die Wohnblocks in der Mozartstraße nicht pleitegehen. Ich kann nicht verstehen, dass die Kanzlei sich für so etwas hergibt. Das hat mit Recht und Gerechtigkeit nichts mehr zu tun."

„Ich finde, du solltest dich nicht mit Dingen beschäftigen, die dich absolut nichts angehen", antwortete er kalt. „Schließlich profitierst auch du von dem Geld, das wir mit der Kanzlei verdienen."

Laura senkte den Kopf. Er hatte ja recht, dachte sie, und sie fühlte sich elend, wenn sie darüber nachdachte.

„Ich werde trotzdem weiterhin meine Meinung sagen und mich auch nicht ändern, nur, weil dir das nicht gefällt." Und leise fügte sie hinzu: „Anderenfalls mußt du mich eben wieder wegschicken."

„Laura, Laura!" Er schien einzusehen, dass er auf diese Weise bei ihr nicht weiterkam, deshalb schwenkte er um. Er lächelte schon wieder, doch innerlich seufzte er. Sie verstand nicht, was er meinte. Zumindest im Augenblick noch nicht.

„Meine kleine Kämpferin!", sagte er mit einem Anflug von Zärtlichkeit, und er lachte dabei. Obwohl Laura spürte, dass er ihre Auseinandersetzung alles andere als lustig fand.

„Wir wollen das Thema jetzt beenden", meinte er schließlich und strich ihr noch einmal über die Wange. „Du darfst dich doch jetzt nicht aufregen."

Es fiel ihr schwer, nicht darauf zu antworten, dennoch schwieg sie. Matthias kannte jetzt ihre Einstellung, und er würde merken, dass es ihr ernst damit war.

„Wie geht es denn eigentlich unserer werdenden Mama? Und dem Kleinen?" Vorsichtig legte er seine Hand auf ihren Bauch. „Weißt du schon, ob es ein Junge oder ein Mädchen wird? Und wann wird es soweit sein, dass wir ihn oder sie begrüßen dürfen?"

„Es ist ein Junge, er wird Ende März zur Welt kommen", antwortete sie kurz angebunden, und um Matthias zu zeigen, dass sie nicht gewillt war, einfach hinzunehmen, was er bestimmte, fügte sie mit einem Anflug von Trotz hinzu: „Wir werden ihn Dominik nennen."

Er nickte. „Dominik. Das ist eine gute Wahl."

Dann schien er zu rechnen. „Da haben wir in unserer Hochzeitsnacht wohl alles richtig gemacht", scherzte er. Und als sie nicht darauf einging, flüsterte er ihr ins Ohr: „Laura, ich liebe dich. Ich ertrage es nicht, wenn du mir böse bist."

Er hielt ihr die Hand hin und zwinkerte ihr zu. „Wieder Freunde?"

Sie versuchte zu lächeln, schlug dann zaghaft ein. „Nur wenn du mir versprichst, mich nie wieder wie eine Puppe zu behandeln, die alles macht, was du sagst."

„Ich werde mich bemühen. Versprochen."

Wie er jedoch tatsächlich darüber dachte, ließ er sich nicht anmerken.

7.

Im September war Herbstfest in Wallberg. Auf der Wiese neben dem Parkplatz vom Supermarkt waren diverse Karussells, Buden und Stände aufgebaut. Aus jeder Richtung dröhnte andere Musik, dazwischen versuchten die Losverkäufer lautstark, die Vorrübergehenden zu animieren, ihr Glück zu versuchen.

Mütter mit ihren Sprösslingen flanierten auf und ab, Kinder mit Luftballons oder Zuckerwatte, Halbwüchsige, sich übermütig neckend, oder junge Pärchen Hand in Hand...

Laura mochte Jahrmärkte, und nachdem sie ihren Einkauf vom Supermarkt im Auto verstaut hatte, lief auch sie kurz über den Platz und blieb hier und da stehen. Sogar ein Riesenrad hatte den Weg nach Wallberg gefunden. Kein sehr großes, aber wie es schien, wurde es von den Dorfbewohnern begeistert angenommen, denn die Gon-deln waren fast alle voll besetzt.

Inzwischen war die Sonne dabei, unterzugehen. Vereinzelt brannten schon die bunten Lichterketten der Fahrgeschäfte, obwohl der Himmel noch in pastellfarbenem Rosa und Hellgrün leuchtete.

Laura fühlte sich gut. Es machte ihr Spaß, den Kindern zuzuschauen und sie zu beobachten, wie sie mit offenen Mündern bestaunten, was es zu sehen gab. Nächstes Jahr um diese Zeit würde sie selbst schon mit dem

Kinderwagen an den Buden und Karussells vorüberfahren, und in zwei Jahren würde sie ihren kleinen Dominik an der Hand über den Platz führen.

Eine Gruppe junger Leute kam ihr lachend und lärmend entgegen. Sie hätte sie wohl kaum beachtet, wäre da nicht eine junge Frau aus ihrer Mitte plötzlich stehengeblieben und ein paar Schritte auf sie zugekommen.

„Hallo, Madame Riiiivaaa!"

Sie hatte ihr langes gelocktes Haar im Nacken zusammengebunden, trug enge schwarze Jeans und ein bunt bedrucktes T-Shirt, das so weit ausgeschnitten war, dass man den Ansatz ihrer Brüste sehen konnte. Auch ihr Make-up war nicht besonders dezent, die Augen schwarz umrändert, das Lippenrot um einen Touch zu grell.

Im ersten Augenblick wollte ihr Laura ausweichen, doch dann sah sie das laszive Lächeln und den ironischen Blick. Sollte das Theresa sein?

Sie blinzelte und schaute noch einmal genauer hin. Nein, sie hatte sich nicht geirrt, es *war* Theresa. Die Theresa, die üblicherweise bei den Rivas das Essen servierte. „Hallo, Madame Riiivaa!", wiederholte sie anzüglich. „Heute ist Tanz im Krug. Wollen Sie nicht hin? Sie tanzen doch so gern, ich erinnere mich..." Sie lachte, und etwas Boshaftes lag in diesem Lachen. „Ihr Mann muß es ja nicht unbedingt erfahren."

Laura war zusammengezuckt. Was wußte Theresa? Hatte sie sie damals mit Daniel tanzen sehen? Hatte sie viel-leicht sogar noch mehr gesehen? Sie wußte nicht, wie sie sich verhalten sollte. Der Ton dieser Frau und ihre anzüglichen Bemerkungen ärgerten sie und reizten sie, ihr Kontra zu geben. Nach Außen hin ganz ruhig und mit besonders freundlichem Lächeln antwortete sie: „Oh Theresa, hallo! Haben Sie heute frei?" Sie schaute auf ihren Busen und zwinkerte ihr zu. „Naja, wenn man Tag für Tag diese hässliche hellblaue Uniform tragen und andere Leute bedienen muß, dann sollte man ab und zu schon mal zeigen, was man hat. Gehen Sie doch auch in den Krug, sicher werden Sie viel Erfolg haben."

Und nachdem sie schon fast an ihr vorüber war, fügte sie über die Schulter hinzu: „Genießen Sie es, morgen sieht wieder alles ganz anders aus."

Sie lief ganz ruhig weiter, ohne sich noch einmal nach ihr umzusehen, doch in ihrem Inneren loderte es. Was nahm sich diese Person heraus! Ob sie wirklich etwas gesehen hatte, damals, am ersten Abend in Wallberg?

Gleichzeitig ärgerte sich Laura aber auch über sich selbst und schämte sich, dass sie sich nicht hatte beherrschen können. Es wäre wohl besser gewesen, sie hätte sich ihre Antwort verkniffen und wäre einfach wortlos weitergegangen. Möglicherweise hatte sie Theresa jetzt so verärgert, dass sie nun erst recht den Rivas etwas verraten würde. - Falls sie es nicht längst schon getan hatte.

Während der Fahrt zum Herrenhaus konnte sie sich kaum auf den Weg konzentrieren, Theresas Auftritt wollte ihr nicht aus dem Kopf gehen. Sie hätte später nicht einmal mehr sagen können, wie sie nach Hause gekommen war. Sie trug die Einkäufe in die Küche, stellte dann aber fest, dass sie eine zweite Tasche im Auto vergessen hatte.

Sie ging noch einmal durch den Osteingang zurück in die

Garage und von dort aus zu den Unterständen, wo sie den Wagen geparkt hatte.

Sie war noch immer so in Gedanken, dass sie erschreckt zusammenfuhr, als jemand ihren Arm nahm und sie um die Ecke schob in eine Art Werkstatt, die sie nie zuvor betreten hatte. Es war Daniel.

„Oh mein Gott, hast du mich erschreckt", sagte sie und griff nach ihrem Herzen. „Was machst du hier?"

Er wies auf eine Werkbank, auf der allerhand Werkzeug herumlag und verschiedene Gegenstände, die er wohl zu reparieren begonnen hatte.

In seinen Augen lag wieder dieser zärtliche Blick, vor dem sie sich so fürchtete, und er machte Anstalten, sie mit seinen Armen zu umfassen und zu küssen. Sie wußte, dass es nicht viel brauchte, um ihm nachzugeben, doch diesmal war sie noch zu sehr mit Theresa und der Begegnung im Dorf beschäftigt. Obwohl sie im Augenblick vor Theresa sicher war, hatte sie Angst, es könnte auch andere geben, die Matthias Bericht erstatten würden. Sie schob Daniel an den Schultern zurück. „Nein, Daniel. Das geht nicht", sagte sie so deutlich, dass er sie verstehen mußte, doch er lächelte nur und ließ sich nicht beirren.

„Nein!", versuchte sie es erneut. „Daniel, ich bin schwanger."

Er schien sie verstanden zu haben, denn seine Hände sanken kraftlos von ihren Schultern herab, und er sah sie bestürzt an.

„Du hast mich doch verstanden, oder?", fragte sie ihn.

Er nickte, senkte den Kopf und schien nachzudenken. Dann wandte er sich um und malte mit dem Finger ein imaginäres Wort an die Wand. „Wann?"

Als sie nicht gleich verstand, was er meinte, versuchte er es noch einmal. „Wann?" Und dabei deutete er auf ihren Bauch.

Zuerst stotterte Laura ein wenig, dann besann sie sich und nannte ihm absichtlich einen falschen Termin. „Mai oder Juni." Sie wollte nicht, dass er sich Gedanken darüber machte, was sein könnte und was nicht. Er schaute sie traurig an und nickte noch einmal.

'Oh Daniel', dachte sie seufzend. War er nun traurig, weil er begriff, dass sie endgültig zu Matthias gehörte? Oder würde er die magischen Momente vermissen, die es nun nicht mehr geben durfte, wenn sie sich begegneten? Hatte er gar etwas anderes erhofft? - Der dumme Junge. Sie berührte flüchtig seine Wange. „Du weißt doch, dass ich zu ihm gehöre", sagte sie leise.

Er nickte, und die Geste, mit der er antwortete, war auch für jeden zu verstehen, der die Gebärdensprache nicht beherrschte. „Aber ich liebe dich doch."

Laura spürte, dass sie ganz schnell gehen mußte, wollte sie nicht doch noch die Kontrolle über sich verlieren.

„Ich muß gehen, Daniel. Wirklich." Schnell wandte sie sich um. „Bis zum nächsten Mal", murmelte sie noch, dann ging sie, ohne sich noch einmal nach ihm umzusehen. Seinen Blick spürte sie im Rücken, als wären es seine Hände.

Laura hatte mit ihrem Chef telefoniert, um ihn über ihre Schwangerschaft zu informieren. Sie waren übereingekommen, dass sie einen zwar umfangreichen, doch nicht an eine bestimmte Zeit gebundenen Auftrag übernehmen sollte. Das bedeutete, dass sie nicht unter

Druck stand, sollte es ihr in den kommenden Monaten gesundheitlich einmal nicht besonders gut gehen. Das gab ihr eine gewisse Sicherheit.

Zufrieden über dieses Gespräch packte sie einige Unterlagen zusammen und verstaute die Ordner im Regal. Wie jeden Tag stand die Kaffeekanne neben ihrem Computer. Sie wußte, dass sie das Kaffeetrinken wegen ihres Zustands ein wenig einschränken sollte, doch ganz darauf verzichten wollte sie auch nicht.

Gerade hatte sie sich ihren Becher gefüllt, als das Telefon läutete. Es war Michael.

„He!" Sie lachte. „Hast du dich verwählt? Oder hast du geglaubt, du würdest Jenny bei mir antreffen?", fragte sie gutgelaunt.

„Nein, Laura, ich muß dir was sagen. Es geht um Matthias, er ist in der Klinik."

„Oh mein Gott, was ist los? Was ist denn passiert?"

„Reg dich nicht auf, es ist nicht ganz so schlimm, wie es sich anhört. Heute war der Schneider-Prozess, - vielleicht hast du schon davon gehört."

Ein leises „Ja", war alles, was sie herausbrachte.

„Gerade, als die Verhandlung zu Ende war, ist einer der Zuschauer mit dem Messer auf den Schneider und auf Matthias losgegangen."

„Ist er schwer verletzt? - Michael, sag mir die Wahrheit, ist es sehr schlimm? Ich werde sehen, dass ich so schnell wie möglich in die Klinik kommen kann."

„Nein, Laura, nein! Das ist nicht notwendig. Matthias ist nur am Oberschenkel verletzt worden. Im Augenblick wird er in der Ambulanz der Klinik verarztet. Möglicherweise kann er danach gleich wieder entlassen werden. Ich wollte es dir nur mitteilen, damit du dir keine Sorgen machst, wenn wir heute später als üblich nach Hause kommen."

„Du sagst mir doch die Wahrheit, oder? Ist es wirklich nicht so schlimm?"

„Du kannst es mir glauben." Und mit einem hilflosen Lachen fügte er hinzu: „Er wird ganz sicher nicht daran sterben."

Laura atmete auf. „Und der Schneider? Was ist mit ihm?"

„Den hat es schlimmer erwischt, er mußte mit dem Heli in die Klinik geflogen werden."

„Du sagst, es war einer der Zuschauer? War es einer aus der Mozartstraße?"

Michael stutzte. „Davon ist auszugehen."

„Dann scheint ihr den Prozess gewonnen zu haben und der arme Kerl hat sich nicht anders zu helfen gewußt in seiner Verzweiflung."

„Ich verstehe ja, dass du so denkst, aber wir machen auch nur unseren Job."

Laura nickte resigniert. „Ja, ja, ich weiß." Sie hätte gern mehr dazu gesagt, aber jetzt war nicht der richtige Zeitpunkt, darüber zu diskutieren.

„Du meinst also, ich muß nicht in die Klinik fahren?"

„Nein, Vater und ich sind bei ihm. Er hat wahnsinniges Glück gehabt, es hätte sehr viel schlimmer ausgehen können. - Und, Laura..."

„Ja?"

„Falls er vielleicht *doch* eine Nacht in der Klinik bleiben muß, - *falls*, nur zur Sicherheit, - dann mach dir keine Sorgen. Das soll ich dir von ihm ausrichten. Du sollst an das Baby denken, sagt er."

„Kann ich ihn nicht anrufen und selbst mit ihm reden...?"

„Besser nicht. Er hat Medikamente bekommen, weißt du...? Und in der Klinik soll man nicht telefonieren. Wahrscheinlich ist er heute Abend schon wieder zu Hause und kann dir selbst erzählen, wie es passiert ist."

Laura war nicht zu Bett gegangen. Nachdem sie kurz mit Jenny über den Zwischenfall im Gericht gesprochen hatte, hatte sie sich auf die Couch in ihrem Arbeitszimmer gelegt und war dann doch ein wenig eingenickt. Es ging auf Mitternacht zu, als sie die Limousine in die Garage fahren hörte. Sofort war sie hellwach und lief in die Halle hinunter. Vater und Michael stützten Matthias, er humpelte auf einem Bein. Das andere war dick und weiß bandagiert. Aber er lächelte.

„Es geht mir gut, Liebes, du mußt dir keine Sorgen machen."

Laura atmete auf.

„Aber der Hund kriegt seine gerechte Strafe", fügte er mit verbissener Miene hinzu, „dafür werden wir sorgen."

'So wie du auch deine gerechte Strafe gekriegt hast', dachte Laura. 'Aber dir wird es bald wieder besser gehen, dem armen Teufel und seiner Familie wahrscheinlich nicht.'

Jenny hatte eine neue Frisur, die sie Laura unbedingt vorführen mußte. Zwar gab es das Rot noch, doch die Locken waren verschwunden. Ihr Haar war jetzt glatt und kurz und asymmetrisch geschnitten, was sie um Jahre jünger erscheinen ließ.

„Hey, wer bist denn du?", fragte Laura amüsiert, „bist du unser neuer Praktikant?"

Jenny strahlte und drehte sich vor Laura im Kreis, um sich von allen Seiten zu zeigen. „Wie gefällt's dir? Findest du es gut so, oder hätte ich es ein bisschen länger lassen sollen?"

Laura lachte. „Du siehst aus wie ein kesser Junge. Ein bildhübscher Junge natürlich. Was sagt denn Michael dazu?"

„Ha, der weiß es noch gar nicht. Obwohl, ich habe ihm angekündigt, dass ich mal wieder was anderes mit meinen Haaren machen werde."

„Ich bin überzeugt, dass es ihm gefallen wird." Sie zwinkerte. „Hat dich Mutter schon so gesehen?"

Jenny lachte auf. „Nein, bis jetzt noch nicht. Ich hoffe, sie kriegt keinen Herzinfarkt."

„Komm, setz dich, ich wollte gerade Pause machen und einen Kaffee trinken. Hab ich dir schon erzählt, dass ich neulich mit meinem Chef telefoniert habe? Er hat mir einen Auftrag geschickt, der mich über die nächsten Wochen und Monate zwar beschäftigen, aber nicht zu sehr belasten wird."

Sie schenkte Kaffee ein und schob eine Tasse zu Jenny hinüber, die kopfschüttelnd den Computer betrachtete und dann meinte: „Ich weiß nicht, ob ich das fertigbrächte, den ganzen Tag am PC zu sitzen. Ich bin froh, wenn ich meine Kolumnen geschrieben kriege und ab und zu mal eine e-Mail."

„Ist alles nur Gewohnheit."

Jenny nahm einen Schluck. „Übrigens, ich soll dich von

Daniel grüßen. Er wünscht dir alles Gute."

Laura zuckte ein wenig zusammen und senkte den Kopf. Sie wußte nicht, was sie sagen sollte, deshalb antwortete sie nur: „Danke".

„Hast *du* ihm von der Schwangerschaft erzählt?", wollte Jenny wissen.

Laura nickte. „Wir haben uns neulich zufällig unten im Schuppen getroffen", sagte sie, obwohl ihr klar war, wie seltsam sich das für die Schwägerin anhören mußte.

„Aha" Jenny beobachtete sie.

„Ich wollte zu meinem Auto, ich hatte etwas vergessen."

Jenny nickte, beobachtete sie noch immer.

„Und dann sind wir halt ins Gespräch gekommen..." Es klang wie eine Entschuldigung.

„Du mußt ihn inzwischen gut kennen, wenn du ihm sogar *das* erzählt hast. Und ihn sehr mögen."

„Ja, ich mag ihn. Er ist sehr nett."

Jenny stand auf und setzte sich neben Laura auf die Couch. „Ist es nicht vielleicht ein bisschen mehr, als nur mögen und nett finden?", fragte sie vorsichtig.

Wiederum wußte Laura nicht, was sie sagen sollte. „Wie kommst du darauf?"

„Ich weiß nicht, ich hatte schon manchmal das Gefühl..."

„Hat dir jemand etwas erzählt?" Laura war mißtrauisch. Noch immer war sie sich nicht sicher, ob Daniel nicht doch mit Jenny über sie gesprochen hatte.

Die Schwägerin schüttelte den Kopf. „Nein, Laura, niemand hat mir etwas erzählt. Auch Daniel nicht. Es ist nur so, dass *er* nicht verbergen kann, wie verliebt er in dich ist. Jedenfalls nicht vor mir. Und ehrlich gesagt, bei dir dachte ich auch schon manchmal..."

„Das ist doch Unsinn." Laura hielt den Kopf gesenkt.

„Ist es das? Wirklich?" Jenny legte den Arm um ihre Schulter. „Laura, sei ehrlich, du hast dich in ihn verliebt, stimmt's? Komm, zu mir kannst du ruhig offen sein, von mir wird niemand etwas erfahren, das schwöre ich."

Statt einer Antwort fuhr sich Laura mit dem Handrücken über die Augen, weil sie spürte, dass ihr die Tränen kommen wollten.

„Ich verstehe dich doch, sowas passiert einfach, ohne dass man es will", redete Jenny weiter. „Daniel ist so ein liebenswerter Kerl. Und so ganz anders als Matthias."

„Ich liebe Matthias", fuhr Laura auf, als wollte sie sich selbst überzeugen. „Seinetwegen hab ich mein altes Leben aufgegeben. Es war mein Traum, ihm hierher zu folgen, ihn zu heiraten und mit ihm glücklich zu sein."

„Und jetzt bist du gar nicht mehr so glücklich, wie du es dir vorgestellt hast?"

Laura konnte nur nicken.

„Und das liegt an Daniel?"

„Nicht nur. Matthias ist hier ein ganz anderer Mensch, als der, den ich in Hannover kennengelernt habe. Er ist so eingebildet und überheblich, er glaubt, wir hier auf Riva seien etwas Besseres, als die Menschen im Dorf. Aber ich will nichts Besseres sein, Jenny, verstehst du? Ich bin wie ich bin, und ich will mir nicht von ihm vorschreiben lassen, mit wem ich reden darf und mit wem nicht."

„Tut er das?"

Laura nickte wieder und bedeckte ihr Gesicht mit den Händen. Die Tränen liefen nun doch.

„Und jetzt bist du innerlich ganz zerrissen, stimmt's? Auf der einen Seite weißt du, dass du zu Matthias gehörst, auf der anderen Seite fühlst du dich zu Daniel hingezogen."

Und wieder konnte Laura nur nicken.

„Das ist eine ganz verteufelte Situation, in der du dich da befindest", stellte Jenny fest und streichelte ihren Rücken.

Laura schluchzte auf. „In Wirklichkeit ist alles noch viel verteufelter, als du es dir vorstellen kannst."

Sie hatte beschlossen, Jenny die Wahrheit zu sagen. Sie brauchte jemanden, mit dem sie offen darüber reden konnte, über ihre Sorgen und das, was ihr das Herz schwer machte.

„In Wirklichkeit weiß ich nämlich nicht einmal genau, wer von beiden der Vater meines Babys ist."

Jenny zuckte zusammen und schaute die Schwägerin fassungslos an. „Du meinst... Oh mein Gott, Laura. Ich habe nicht gewußt... Ich dachte nur... Schön, manchmal habe ich schon vermutet, dass ihr euch nicht erst hier im Riva-Haus das erste Mal begegnet seid. Seit wann kennt ihr euch denn schon?"

„Das war vor unserer Heirat", wich Laura aus. Obwohl sie Jenny vertraute, wollte sie ihr doch nicht alle Einzelheiten verraten. „Hat dir Daniel nichts davon erzählt?"

Jenny schüttelte den Kopf. „Nein. Das hätte er niemals getan." Sie dachte nach und fragte dann: „Und wie soll es jetzt weitergehen?"

Laura hob die Schultern. „Wie bisher auch", antwortete sie und rieb sich die Tränen von den Wangen. „Daniel weiß, dass ich Matthias niemals verlassen werde."

„Weiß er auch, dass er als Vater in Frage kommen könnte?"

„Nein, ich habe ihm einen späteren Zeitpunkt genannt."

„Das war gut. Dann wird er gar nicht erst weiter darüber nachdenken und sich allmählich mit der Situation abfinden."

„Das hoffe ich."

„Aber... hast du denn gar keine Angst...?"

Jenny hielt inne. Vielleicht sollte sie Laura nicht erst Angst *machen*, indem sie ihr aufzeigte, was passieren konnte, dachte sie.

„Du denkst, dass Matthias doch etwas herausfinden könnte? - Nein, ich werde Daniel in Zukunft noch mehr aus dem Weg gehen, als bisher schon. Matthias wird keinen Grund finden, an meiner Liebe zu zweifeln."

„Nein, das habe ich nicht gemeint."

Laura schaute sie an. „Du denkst, er könnte so blond sein und dieselben Augen haben wie Daniel?"

„Ja. Ich denke, der Kleine könnte etwas haben, was auf Daniel als Vater hinweisen könnte."

„Du meinst, dass er... taubstumm sein könnte?" fragte Laura.

Jenny nickte.

„Ja, daran hab ich auch schon gedacht."

„Was dann?"

Laura hob die Schultern. „Ich weiß es nicht. Dann müsste ich wohl die Konsequenzen ziehen."

Jenny nahm Laura in den Arm und drückte sie ganz fest. „Komm, mach dir trotz allem nicht zu viele Sorgen. Jedenfalls jetzt noch nicht, solange überhaupt nicht feststeht, wer der Vater ist. Vielleicht ist alles so, wie es sein soll."

Laura senkte den Kopf. „Wie soll es denn sein?"

„Ja, du hast recht. So oder so, für dich ist es auf jeden Fall schwierig."

Laura seufzte tief. „Egal, was kommt, ich werde schon irgendwie damit fertigwerden." Dann nahm sie Jennys Hand, drückte sie und fügte hinzu: „Ich weiß nicht, wie ich dir danken soll, Jenny. Ich bin so froh, dass ich in dir jemanden gefunden habe, mit dem ich darüber reden kann. Das hilft mir mehr, als du denkst."

„Das kannst du, zu jeder Zeit, Laura. Ich werde immer für dich da sein."

8.

Es war kurz nach seinem 18. Geburtstag, als Daniel Eriksson wieder nach Wallberg zurückgekommen war. Fast zehn Jahre lang hatte er das Internat für Hör- und Sprachgeschädigte in Rautenbach besucht, und es war ihm nicht leichtgefallen, das Leben dort aufzugeben. Doch seine Ausbildung war beendet, und er mußte sich Gedanken darüber machen, wie das Leben nun weitergehen sollte. Er zog in Erwägung, zusammen mit seiner Mutter Wallberg den Rücken zu kehren, doch sie war nicht der Mensch, der in der Lage gewesen wäre, an einem anderen Ort noch einmal von vorne anzufangen und Fuß zu fassen.

Jedes Jahr in den Sommerferien hatte er sie besucht, und obwohl er sehr an ihr hing, hätte er diese Zeit oft lieber ähnlich wie seine Schulkameraden verbracht, die andere Städte oder gar andere Länder besuchten. Natürlich wußte er, dass für solche Reisen kein Geld da war, und dass sich seine Mutter dafür niemals an die Geldquelle gewandt hätte, durch die seine Schulausbildung finanziert wurde. Dazu war sie zu stolz. Er selbst hatte keine Ahnung, wer sein Wohltäter war, und so oft er seine Mutter auch danach gefragt hatte, er hatte niemals eine Antwort bekommen.

Nun war er also nach Wallberg zurückgekehrt, trotz der bitteren Erinnerungen an die ersten Jahre seines Lebens.

Erinnerungen an Hohn und Spott, an Erniedrigungen, Häme und sogar Schläge. Inzwischen verstand er nicht mehr, warum er sich damals so vehement dagegen gewehrt hatte, Wallberg und seine Mutter zu verlassen. Es war wohl die Angst vor dem Neuen und Unbekannten gewesen, die den damals Achtjährigen gequält hatte. Doch recht bald hatte er begriffen, dass Rautenbach das Beste war, was ihm im Leben passieren konnte. Auf einmal hatten alle Gemeinheiten und Peinigungen ein Ende, er war nicht mehr allein mit seinen Problemen. Nun war er unter seinesgleichen, denn viele seiner Schulkameraden hatten Ähnliches erlebt wie er, hatten die gleichen Erfahrungen gemacht. Gemeinsam wollten sie das 'Anderssein' überwinden, um eines Tages in der Welt der Hörenden bestehen zu können.

Für Daniel gab es viel zu lernen. Die Gebärdensprache, die ihm seine Mutter recht und schlecht beigebracht hatte, mußte vervollkommnet und verbessert werden. Die Fertigkeit, von den Lippen abzulesen, erforderte stets aufs Neue viel Übung und Ausdauer.

Immer wieder führte er sich vor Augen, wie andere Gehörlose ihr Leben gemeistert hatten. Wie sie trotz ihres Handicaps Großes vollbracht hatten, sich als Sänger, Komponisten oder gar Tänzer einen Namen gemacht oder auch Universitäten und Hochschulen besucht und sogar Bücher geschrieben hatten. Diese Menschen nahm er sich zum Vorbild. Er war beseelt davon, Lesen und Schreiben zu lernen und einen guten Schulabschluss zu machen. Nur so, davon war er überzeugt, konnte er sich eines Tages mit den Hörenden messen.

Er wußte, dass er im täglichen Leben nur wenigen

Menschen begegnen würde, die die Gebärdensprache beherrschten, und er hatte bemerkt, dass die Mimik der Stummen und die Bruchstücke von Lauten, derer sie sich bedienten, oft ein völlig falsches Bild aufzeigten, einen völlig falschen Eindruck bei ihren Mitmenschen hinterließen, und dass man sie deshalb für dumm oder geistig zurückgeblieben hielt. So beschloss er, in Zukunft leise, und ohne irgendwelche Laute mit den Lippen zu formen, zu kommunizieren. Von diesem Zeitpunkt an trug er stets einen kleinen Block und einen Stift bei sich. Das half nicht immer, war aber in vielen Situationen sehr hilfreich.

Als er nach Wallberg zurückkam, wußte er zunächst nicht, was er tun sollte. Die Dorfbewohner kannten ihn und die meisten hatten ihre Meinung und ihr Verhalten ihm gegenüber nicht geändert. Kaum jemand wußte wirklich, wo er in den vergangenen Jahren gewesen war, viele glaubten, er habe sich in einer Anstalt für geistig Behinderte aufgehalten. Aussagen wie: „Der Depp ist wieder da!" oder „Der Hurensohn ist zurückgekommen!" machten die Runde. Doch inzwischen störte ihn das nicht mehr. Er war erwachsen geworden, selbstbewusster. Er konnte inzwischen diejenigen ignorieren, die andere beschimpften, ohne den Menschen dahinter zu kennen. Auch das hatte er gelernt.

Ursprünglich hatte er versuchen wollen, in Ossfelden eine Arbeit zu finden. Er hatte an nichts Bestimmtes gedacht, er wollte zunächst einfach nur Geld verdienen, um seiner Mutter nicht auf der Tasche zu liegen, - jetzt, da der unbekannte Geldgeber seine Zahlungen wahrscheinlich einstellen würde.

Ihr Vorschlag, sich im Riva-Haus vorzustellen, gefiel ihm zwar gar nicht, doch zumindest dachte er darüber nach. Sie hatte in Erfahrung gebracht, dass der alte Gärtner der Rivas beabsichtigte, in etwa einem Jahr in den Ruhestand zu gehen, und dass er nun jemanden suchte, der ihm bis dahin ein bisschen zur Hand gehen und später vielleicht sogar seine Nachfolge antreten konnte.

Daniel war kein Gärtner, - aber ja, die Arbeit im Freien würde ihm gefallen. Auch in Rautenbach hatte er sich der Schülergruppe angeschlossen, die sich um den Schulgarten gekümmert hatte. Er sagte sich, wenn es der alte Mann im Riva-Garten gewohnt war, allein zu arbeiten, dann wäre es ihm vielleicht sogar recht, einen Mitarbeiter zu bekommen, der nicht redete. Die Hauptsache war doch, dass er zupacken konnte und sich vor keiner Arbeit scheute. Warum also sollte er es nicht wenigstens versuchen?

Dennoch haderte er mit seiner Mutter, weil sie bereits einen Vorstellungstermin festgelegt hatte, ohne das vorher mit ihm besprochen zu haben. Und nicht etwa bei dem alten Gärtner, sondern bei Walter Riva, dem Hausherren persönlich.

„Daniel, er ist es, der bestimmt, wer für ihn arbeitet. Nicht der alte Gärtner", erklärte sie ihm. Und, nachdem sie liebevoll seinen Arm gestreichelt hatte, fügte sie lächelnd hinzu: Du brauchst keine Angst vor ihm zu haben, er ist ein sehr netter Mann. Ich habe lange Zeit für die Rivas gearbeitet, und es ist mir immer gut gegangen bei ihnen."

„Angst!", antwortete Daniel verstimmt. „Ich habe keine Angst vor ihm. Aber ich hätte mich gern vorher bei dem

Gärtner informiert, worum es eigentlich geht."

So machte sich Daniel Eriksson mit gemischten Gefühlen auf den Weg zum Riva-Haus. Er hatte es nie zuvor aus der Nähe gesehen, vom Dorf aus war es ihm stets vorgekommen, als existiere es in einer anderen Welt.

Nun, da er wegen des Anstiegs sein Fahrrad schieben mußte und er dem Anwesen immer näherkam, war er überwältigt von seiner Größe. Gegen seinen Willen begann sein Herz heftig zu klopfen, obwohl er versuchte, sich selbst zu beruhigen. Nein, er hatte keine Angst! Wer waren die Rivas denn schon? Leute mit viel Geld, die sich alles leisten konnten, - das war alles.

Von den beiden Riva-Söhnen wußte er, dass der ältere studierte, um eines Tages in die Fußstapfen seines Vaters zu treten. Den Jüngeren hatte er ein paarmal in der Werkstatt gegenüber an seinem Moped herumbasteln sehen.

Daniel schaute die imposante Fassade hinauf. Wie mußte man sich fühlen, wenn man ein solches Zuhause hatte? Wenn man eine Uni besuchen und lernen durfte, was immer man wollte?

Er seufzte, während er sein Fahrrad auf den untertesten Stufen der Freitreppe ablegte. So war das nun mal im Leben, dachte er, die einen hatten alles, die anderen nichts. - Doch halt! Mußte er nicht froh sein, dass es ihm gut ging? Er wohnte mit seiner Mutter in einem hübschen kleinen Haus, es hatte jemanden gegeben, der es ihm ermöglicht hatte, zu lernen und trotz seiner Gehörlosigkeit den Grundstein für ein gutes Leben zu legen. Nun würde er vielleicht sogar einen Job finden, der ihm Spaß machte. Was wollte er mehr?

In diesem Augenblick nahm er einen Mann gewahr, der, vom Ostflügel kommend, mit den Armen wedelte und etwas zu rufen schien. Daniel tippte sich mit dem Finger auf die Brust, was so viel bedeutete, wie: „Meinen Sie mich?"

Der Mann nickte, und während er auf ihn zukam, ging er ihm entgegen.

„Bist du der junge Eriksson, der mir ein bisschen zur Hand gehen soll?", fragte der Mann, doch erst, als er näher herangekommen war und seine Frage noch einmal wiederholte, konnte Daniel ihm seine Frage von den Lippen ablesen. Er nickte.

„Richtig, du bist ja taubstumm. Tut mir leid, hab ich nicht mehr dran gedacht." Er streckte ihm die Hand entgegen. „Ich bin der Johann", sagte er, und Daniel lächelte und schlug ein.

Der Mann schaute auf seine Uhr. „Pünktlich wie die Maurer", murmelte er, „das ist ja schon mal ein gutes Zeichen." Und ganz deutlich, damit ihn Daniel auch verstand, fügte er hinzu: „Dann geh' mal rauf zu Herrn Riva, er wird schon auf dich warten."

Daniel schaute fragend in Richtung Haus, wies mit der Hand die Treppe hinauf und hob die Schultern, da nahm ihn der Mann freundlich am Arm und sagte: „Komm mal mit, ich zeig's dir."

Er führte ihn um das Gebäude herum, an den Einstellplätzen vorüber und durch die Garage zum Seiteneingang.

„Du gehst die große Treppe hinauf", sagte er laut und

deutlich, und mit den Händen zeigte er ihm, was er unter 'hinauf' verstand. „Dort oben kommst du direkt auf die Tür von Herrn Rivas Arbeitszimmer zu" Er streckte den Finger geradeaus. „Hast du das verstanden?"

Daniel nickte, lächelte wieder und tippte sich an die Schläfe. Zwar war das nicht die Gebärde für 'Danke', doch er hatte festgestellt, dass diese Geste jeder verstand.

Der alte Mann klopfte ihm auf die Schulter. „Und nun viel Glück, mein Junge."

Daniel war überwältigt von der großen prächtigen Eingangshalle. Er wußte nicht, was er mehr bewundern sollte: Den wunderschön gemusterten Fußboden, die mächtigen Säulen, die die Treppe flankierten oder das kunstvoll geschmiedete Geländer. Fast fühlte er sich wie in einer Kirche, und andächtig strich er über den Handlauf, während er Stufe um Stufe höher stieg. Immer wieder schaute er sich staunend um, nahm fasziniert in sich auf, was er sah.

Vor besagter Tür blieb er stehen, - es war eine hohe dunkle Tür aus geschnitztem, poliertem Holz mit einer verschnörkelten Messingklinke, die wie Gold glänzte. Er hob die Hand, um zu klopfen, doch dann ließ er sie wieder sinken. Was sollte er tun, wenn Herr Riva ihn hereinrief und er es nicht hörte? Sollte er nach dem Klopfen einfach stehenbleiben und warten, bis er herauskam und nachsah, wer da geklopft hatte?

Zaghaft hob er erneut die Hand..., hörte nicht, dass jemand hinter ihm die Treppe heraufgekommen war und ärgerlich rief: „He, du Trottel, was suchst du hier? Mach, dass du wegkommst."

Erst als er unsanft an den Schultern gepackt und gegen

die Wand gestoßen wurde, schaute er sich bestürzt um. Vor ihm stand ein junger Mann etwa im gleichen Alter wie er selbst: Dunkelhaarig, sportlich, makellos gekleidet. Er hätte nett aussehen können, hätte er ihn nicht so zornig angeschaut.

„Jetzt traut ihr Gesindel euch schon hier herein, was?", schimpfte er, Daniel konnte das von seinen Lippen ablesen. Er hob die Schultern, ärgerte sich aber gleichzeitig darüber, wie hilflos diese Geste auf sein Gegenüber wirken mußte. Er griff nach seinem Block in der Hemdtasche, wollte aufschreiben, dass Herr Riva ihn erwartete, doch der junge Mann ließ ihm keine Zeit. Er schlug ihm den Block aus der Hand, und der Stift tanzte über den Boden. „Verschwinde, ich will dich hier nicht mehr sehen!" Und noch während sich Daniel nach seinem Block bückte, stieß ihn der junge Mann erneut, und laut polternd fiel er gegen die Tür zum Arbeitszimmer die Hausherren. Als Walter Riva sie öffnete, fiel ihm Daniel fast vor die Füße. „Was ist denn hier los?", fragte er streng und sah von einem zum anderen, doch er begriff sehr schnell, was vorgefallen war. „Bist du von allen guten Geistern verlassen?", fuhr er seinen Sohn an. „Verschwinde und misch dich nicht in meine Angelegenheiten."

„Was tut dieser Idiot hier", verteidigte sich Matthias Riva und trat einen Schritt zurück.

„Das geht dich nichts an." Walter Riva war ärgerlich. Als er sich jedoch zu Daniel hinunterbeugte und ihm aufhalf, flog ein Lächeln über sein Gesicht. „Entschuldige das flegelhafte Benehmen meines Sohnes", sagte er. „Komm, mein Junge, ich glaube, wir haben noch einiges zu besprechen."

Noch einmal schickte er einen zornigen Blick in Matthias' Richtung, dann führte er Daniel in sein Arbeitszimmer und schloss die Tür hinter sich.

9.

Der Winter war ungewöhnlich kalt, und es gab viel Schnee, dadurch fiel es Laura nicht schwer, ihre Zeit zu Hause am Computer zu verbringen. Mit den Übersetzungen kam sie gut voran. Manchmal allerdings, wenn die Sonne vom blauen Himmel schien und die Schneedecke zum Glitzern brachte, rief sie Moritz und nahm ihn mit auf einen kleinen Spaziergang in die weiße Landschaft hinter dem Herrenhaus. Es machte ihr Spaß, zuzusehen, wie das große schwarze Knäuel mit wilden Sätzen im Schnee umhertollte.

Matthias war sehr fürsorglich während dieser Zeit, und obwohl sich Laura gesundheitlich gut fühlte, riet er ihr, sich bei den Hausarbeiten so oft wie möglich von Theresa helfen zu lassen. Das wäre jedoch das Letzte gewesen, was sie gewollt hätte, dafür misstraute sie der jungen Frau viel zu sehr.

Kurz vor dem Weihnachtsfest fand im Küchenbereich eine kleine Feier für die Dienstboten statt. Wie jedes Jahr hatten es Jenny und Michael übernommen, als Vertreter der Familie Riva daran teilzunehmen. Eigentlich wäre auch Laura gern dabei gewesen, es gab jedoch einen Grund, der sie davon abhielt: Sie wußte, dass sie Daniel dort treffen würde. Es wäre ihr unangenehm gewesen, vor aller Augen seinen besorgten oder gar zärtlichen Blicken zu begegnen.

Jenny verstand ihr Fernbleiben und entschuldigte sie

beim Personal, indem sie ihnen mitteilte, dass sich Laura zur Zeit nicht besonders gut fühlte. Sie bemerkte Daniels Enttäuschung, aber auch Theresas leisen Spott darüber. Mit Matthias hatte von vornherein niemand gerechnet, er hatte an diesen Zusammenkünften auch zuvor niemals teilgenommen. Im Grunde waren sie vielleicht sogar froh darüber, denn keiner von ihnen konnte ihn besonders gut leiden.

Das Weihnachtsfest im Riva-Haus war eine ganz neue Erfahrung für Laura. Obwohl sie über Jahre allein gewesen war und sich an den Familien-Clan im Herrenhaus erst hatte gewöhnen müssen, gefiel es ihr, wie die Familie während dieser Zeit zusammenhielt. In der Halle war ein riesengroßer Weihnachtsbaum aufgestellt und geschmückt worden, ein etwas kleineres Exemplar stand im Speisesaal, wo über die Feiertage gemeinsam gegessen wurde. Theresa war wieder das stille Dienstmädchen im hellblauen Kleid, das schweigend, wie eh und je, für das Wohl der Familie Riva sorgte. Laura versuchte, ihr durch freundliches Entgegenkommen zu signalisieren, dass sie ihr das kesse Auftreten auf dem Jahrmarkt nicht übelgenommen hatte, doch die junge Frau ging nicht darauf ein und vermied jeglichen Blickkontakt mit ihr.

Über die dunklen Monate sah Laura Daniel so gut wie nie. Im Herbst hatte sie beobachtet, wie er den Garten winterfest gemacht hatte, später hatte sie hin und wieder gesehen, dass er die Stufen der Freitreppe vom Schnee befreite oder mit einem kleinen Motor-Schneeschieber die Einfahrt freiräumte. Doch nie waren sie sich begegnet oder hatten Gelegenheit gehabt, miteinander zu reden.

Je näher der Geburtstermin kam, desto häufiger zog sich Laura in das Zimmerchen zurück, das an ihr Büro angrenzte, und das sie als Kinderzimmer eingerichtet hatten. Dann stand sie lächelnd in der Mitte des Raumes, ließ den Blick liebevoll über die kindgerechte Einrichtung gleiten, über die bunte Tapete, die lustigen Figuren am Bettchen und in den Regalen, und dann war sie einfach nur glücklich. Sie freute sich auf ihren kleinen Jungen, und sie legte zärtlich die Hände auf ihren Bauch und versuchte, ihn zu besänftigen, wenn er sich allzu stürmisch bewegte. Trotzdem fragte sie sich immer wieder, wer wohl der Vater ihres Kindes war, und häufiger als je zuvor mußte sie dabei an Daniel denken.

„Weißt du eigentlich, dass die Bezeichnung 'taubstumm' im Grunde gar nicht korrekt ist?", fragte sie Jenny eines Tages, als sie ihr half, die Lampe, die Mond und Sterne an die Wand projizieren konnte, an der Decke zu befestigen.

„Nicht?", fragte Jenny und schaute von der Leiter herunter. „Wie muß es denn richtig heißen?"

„Diese Menschen sind gehörlos, das bedeutet nicht, dass sie auch stumm sind."

„Aber sie können doch nicht sprechen."

„Sie könnten aber, wenn ihre Stimmbänder in Ordnung sind. Nur..., wie sollen sie sprechen lernen, wenn sie nicht hören, wie ein Wort klingen muß."

Jenny dachte darüber nach. „Das klingt einleuchtend. Wahrscheinlich hast du recht."

Laura lachte. "Natürlich habe ich recht. Überleg doch mal: Ein Kind lernt nur dadurch sprechen, dass es hört, wie sich die Menschen in seinem Umfeld ausdrücken.

Und das versucht es nachzumachen."

„Heißt das, auch Daniel könnte sprechen lernen, wenn er hören könnte?"

Laura nickte. „Ich glaube schon. Jedenfalls wenn seine Stimmbänder in Ordnung sind. Er müsste sich mal bei einem Arzt erkundigen."

Jenny kam von der Leiter herunter und zwinkerte ihr zu. „Du weißt sehr gut bescheid. Es scheint, du hast dich eingehend mit diesem Thema befasst."

Laura blieb ernst. „Natürlich habe ich das. Sollte mein Baby nicht hören können, muß ich mich doch rechtzeitig darum kümmern, dass etwas dagegen getan wird. Es gibt Operationen, mit denen man die Gehörlosigkeit beseitigen kann..."

Jenny nahm sie kurzerhand in den Arm. „Laura! Denk nicht zu viel darüber nach. Jetzt warte erst mal ab, vielleicht ist alles in bester Ordnung."

„Du hast ja recht. Doch meinst du nicht, dass ich auf alles vorbereitet sein sollte?" Sie seufzte tief. „Aber wie es auch kommen mag, ich werde immer für meinem kleinen Dominik da sein und alles dafür tun, dass es ihm gut geht. Ob mit oder ohne Vater."

Der März war fast vorüber, - einige Tage später als vorgesehen, kam Dominik zur Welt. Die Wehen hatten im Laufe des Morgens angefangen, nachdem Weber bereits mit Walter Riva und seinen Söhnen nach Heidelberg aufgebrochen war. Im Laufe des Vormittags wurden sie immer heftiger und kamen in immer kürzeren Abständen. Obwohl Mathilda in der Kanzlei angerufen hatte, um Weber zurückzurufen, wollte sie dann doch nicht länger warten und bat Jenny, Laura nach Heidelberg in die Klinik zu fahren. Die war es dann auch, die bei der Schwägerin blieb, bis alles überstanden war.

Als Laura später erschöpft aber glücklich in ihrem Bett lag, das neue kleine Mitglied der Riva-Familie im Arm, saß Jenny neben ihr und fuhr ihr liebevoll über die feuchte Stirn.

„Schau ihn dir an, Laura", sagte sie lächelnd, „wieviel schönes schwarzes Haar er hat. Ich finde, er ist Matthias wie aus dem Gesicht geschnitten."

Laura lachte. „Ach Jenny, im Augenblick ist mir nur eines wichtig: Er scheint gesund zu sein, und das ist die Hauptsache."

Auch Matthias war außer sich vor Freude und Stolz. Er kam so schnell es ihm möglich war ins Krankenhaus, um seinen Sohn zu begrüßen und der glücklichen Mama einen großen Strauß roter Rosen zu überreichen. Selbst Walter und Mathilda Riva ließen es sich nicht nehmen, den kleinen Enkel gebührend willkommen zu heißen. „Das Fortbestehen der Kanzlei Riva ist also gesichert", lachte Walter in seiner lauten lustigen Art. „Sebastian und Dominik! Die beiden werden dafür sorgen, dass der Name Riva & Söhne auch in Zukunft einen guten Klang haben wird."

Mit Dominik änderte sich Lauras Leben grundlegend. Es fiel ihr schwer, ihre Arbeit an den Übersetzungen wieder aufzunehmen. Selbst wenn sie am PC saß, stand die Babyliege mit dem Kleinen neben ihrem Schreibtisch, und immer wieder ertappte sie sich dabei, dass sie nur dasaß und das kleine Wesen fasziniert beobachtete: Seine kleinen Händchen, die um sich griffen, sein Gesichtchen, wenn er schlief und träumte, sein Mund, der zu lächeln schien, wenn sie sich über ihn beugte. Er war ein ruhiges Kind, das kaum weinte, und als sie nach einiger Zeit abgestillt hatte, weil ihm die Muttermilch nicht mehr ausreichte, schmeckten ihm auch die ersten Fläschchen mit der fertigen Babynahrung.

Manchmal kam Jenny mit Sebastian herüber, und dann schob Laura gern die Wörterbücher für eine Weile zur Seite, um mit ihr einen Kaffee zu trinken. Sogar Mathilda vergewisserte sich hin und wieder, wie es dem jüngsten Spross der Familie ging, und ganz verwundert mußte Laura feststellen, dass sie nicht nur die kühle Hausherrin war, sondern auch die liebevolle Großmutter sein konnte, wenn sie den Kleinen betrachtete, oder wenn sie zaghaft seine Hand berührte und er nach ihrem Finger griff und ihn festhielt.

Zwar schaute auch Matthias als erstes nach dem Kind, wenn er aus der Kanzlei kam, dennoch schien er sich ein wenig schwer damit zu tun, sich intensiver mit ihm zu beschäftigen. Laura fand, er stelle sich etwas unbeholfen an, wenn sie den Kleinen in seine Arme legte. Sie vermutete, dass er ein Baby noch für zu zerbrechlich hielt, dass sich das aber geben würde, sobald sein Sohn ein bisschen älter war und er als Vater mehr mit ihm anfangen konnte.

Natürlich verfolgte Laura aufmerksam, inwieweit sich Dominik entwickelte und veränderte. Das schwarze Haar war nach kurzer Zeit ausgegangen und ein heller Flaum bedeckte sein Köpfchen. Die Augen waren noch immer blau, doch sie hatte gelesen, dass sich die Farbe noch bis zum Alter von fünf Monaten verändern konnte, deshalb sah sie keinen Grund darin, beunruhigt zu sein. Zudem wußte sie nicht, inwieweit es auch in ihrer eigenen Familie blaue Augen gegeben hatte.

Bei der ersten gründlichen Untersuchung durch den Kinderarzt in Ossfelden erhielt sie dann endgültig die Gewissheit, dass Dominik ein kerngesundes und gut entwickeltes Kind war, dass Augen und Ohren und auch die Stimmbänder in Ordnung waren.

Bei der zweiten Routine-Untersuchung hatte sie dann auch dieses Herzklopfen nicht mehr. Beschwingt und gutgelaunt verließ sie die Praxis, und während sie Dominik in seiner Babyliege zum parkenden Wagen trug, redete sie mit ihm und erzählte ihm, wie glücklich sie sei.

Sie stutzte, als sie Daniel am Auto lehnen sah. Sie waren einander schon sehr lange nicht mehr begegnet, er hatte das Kind bisher noch nicht gesehen.

Ihr Herz tat einen Satz, und sie hielt kurz inne, bevor sie auf ihn zuging. Vor dieser Begegnung hatte sie sich gefürchtet. Zwar hatte sie gehofft, dass seine Liebe zu ihr nach so langer Zeit ein wenig nachgelassen hatte, damit sie endlich ihren Seelenfrieden wiederfinden konnte, gleichzeitig fürchtete sie aber auch, sie könnte etwas vermissen, sollte die Magie zwischen ihnen ganz und gar verlorengegangen sein. Dass diese Befürchtung völlig unbegründet war, spürte sie gleich in der ersten Sekunde.

„Hallo Daniel", sagte sie betont unbefangen, setzte die Babyliege ab und schloss die Wagentür auf. „Wartest du schon lange? Woher wusstest du denn, dass wir heute hier sind?"

Mit einem schiefen Lächeln hob er die Schultern, und

dann zog er einige vorgefertigte Zettel aus seiner Hemdtasche und hielt ihr den ersten entgegen.

„Wie geht's euch? Ist er gesund?" stand darauf. Er schaute ihr in die Augen und warf dann einen neugierigen Blick auf Dominik.

Laura lächelte. „Ja, er ist gesund. Der Doktor ist sehr zufrieden mit ihm."

Daniel atmete auf und nickte. Er berührte flüchtig ihren Arm und wies auf die andere Straßenseite. „Dort drüben ist ein Café", lautete seine nächste Nachricht. „Können wir eine Weile miteinander reden?"

Laura seufzte tief. 'Oh ja, du hast mir auch gefehlt', dachte sie, dennoch überlegte sie einen Moment lang, ob sie seiner Bitte nachkommen sollte, oder lieber nicht. Schließlich nickte sie. Selbst wenn Matthias in der Zwischenzeit nach Hause kommen würde... Er konnte schließlich nicht wissen, wie lange der Termin beim Arzt wirklich gedauert hatte. „Gut, reden wir miteinander."

Daniel schien sich darüber zu freuen, und während sie das Auto wieder abschloss, griff er schon nach der Babyliege mit Dominik und trug sie vorsichtig über die Straße.

Im Café stellte er sie auf die Bank neben sich und konnte kaum den Blick von dem kleinen Jungen wenden.

Laura beobachtete ihn lächelnd. „Gefällt er dir?" fragte sie ihn, und er nickte eifrig. Dann konzentrierte er sich wieder auf sie, legte seine Hand auf die ihre und hielt sie fest, als sie sie ihm entziehen wollte.

„Wie ist es dir in den letzten Wochen ergangen, Daniel?" Sie war bemüht, sich ganz unbefangen mit ihm zu unterhalten. „Wir haben uns lange nicht gesehen."

Er ließ ihre Hand los und griff nach Block und Stift.

„Du weißt doch, wie sehr du mir fehlst, Laura." Seine Augen waren sehr blau, sehr dunkel und sehr traurig, und schon spürte sie wieder, wie ihr Körper darauf reagierte und sich Unruhe in ihrem Inneren ausbreitete.

Sie schaute ihn nicht an, als sie die Antwort schrieb. „Wie kann ich dir fehlen. Im Grunde kennen wir uns doch gar nicht richtig. Von Anfang an hat es immer einen tiefen Graben zwischen uns gegeben."

Er schüttelte den Kopf. „Im Gegenteil. Von Anfang an war da etwas, was uns gezeigt hat, dass es eine Verbindung zwischen uns gibt."

„Das redest du dir nur ein."

Traurig schüttelte er wieder den Kopf. „Nein, du redest dir ein, dass es *nicht* so ist. Dabei weißt du es besser."

Sie seufzte. „Selbst wenn es so wäre, wir können nichts tun."

Er hob die Schultern. „Wahrscheinlich nicht."

Sie wollte dieses Thema möglichst schnell beenden. Es brachte nichts, wenn sie über Dinge redeten, die nicht zu ändern waren.

„Daniel, du kennst doch Theresa?", fragte sie ihn.

Er nickte.

„Wie gut kennst du sie?"

Er schaute sie erschrocken an. „Du denkst doch nicht etwa...?"

„Nein, nein. Ich frage aus einem anderen Grund. Wer ist sie eigentlich? Erzähl mir, was du über sie weißt."

Er überlegte. „Ihre Familie wohnt unten im Dorf, sie ist das älteste von mehreren Kindern. Der Vater ist seit Jahren arbeitslos..."

144

„Ist sie schon lange bei den Rivas?"

„Oh ja, schon über zehn Jahre."

„Ich frage mich, warum sie diesen Job angenommen hat. Hätte sie nicht etwas Besseres in Ossfelden finden können?"

„Für sie ist das ein guter Job, sie hat nichts gelernt. Und die Bezahlung bei den Rivas ist nicht schlecht."

„Hat sie einen Freund?"

Er hob die Schultern. „Das weiß ich nicht. Man erzählt sich..." Er hielt inne.

„Ja?" Laura schob ihm mit Nachdruck den Block zurück.

„Man sagt, sie sei in Matthias verliebt."

Laura erinnerte sich daran, was ihr Jenny über die junge Frau erzählt hatte. „Davon habe ich auch schon gehört. Vielleicht hasst sie mich deshalb."

„Glaubst du wirklich, dass sie dich hasst?"

Laura nickte. Sie erzählte ihm von der Begegnung auf dem Jahrmarkt und fragte ihn: „Glaubst du, dass sie uns gesehen hat damals? Ich meine, dich und mich?"

Ihre Blicke trafen sich. „Schon möglich, wenn sie auch im Krug war."

„Und danach?"

Er griff nach ihrer Hand und lächelte bei der Erinnerung an jenen Abend.

„Daniel! Glaubst du, dass sie etwas weiß?"

„Ich denke, wenn sie wirklich etwas wüsste, hätte sie das nicht für sich behalten, dann hätte sie dieses Wissen längst dazu benutzt, ihn doch noch in irgendeiner Weise zurückzubekommen."

Laura zuckte zusammen. „Was heißt das 'zurückzubekommen'?"

„Er soll sich früher einmal mit ihr eingelassen haben. Vor mehr als zehn Jahren."

Laura war erstaunt. „Matthias? Mit Theresa?"

„Während seines Studiums hatte er an einem Wochenende einige seiner Kommilitonen nach Riva eingeladen. Sie sind dann durch die Kneipen von Ossfelden gezogen und haben, betrunken wie sie waren, ein paar Mädchen aufgerissen. Eine davon war Theresa."

„Ich verstehe."

„Später wollte er natürlich nichts mehr von ihr wissen. Im Gegenteil! Für ihn ist das ein Ausrutscher gewesen. Du kennst doch Matthias, in seinen Augen ist sie nur eine gewöhnliche Dienstmagd. Vielleicht überträgt sie nun ihre Enttäuschung auf dich. Das darfst du ihr nicht übelnehmen."

„Ich hoffe, sie behält unser Geheimnis für sich." Sie seufzte. „Wenn es nach Matthias ginge, dürfte ich jetzt nicht einmal hier mit dir sitzen und reden."

Er griff nach dem Stift, legte ihn aber gleich wieder zur Seite.

Laura schaute versonnen aus dem Fenster. „Ich weiß nicht, warum Matthias hier so ist. Ich kannte ihn eigentlich ganz anders..."

„Er ist ein Riva. Er hat studiert, ist der wichtigste Mann neben seinem Vater in der Kanzlei..."

„Das ist mir egal! Ich möchte mir meine Freunde selbst aussuchen und mit den Menschen reden und zusammen sein, die ich mag."

Er lächelte. „Ich möchte auch mit dir zusammen sein", schrieb er, und mit einem zärtlichen Blick auf das Baby fügte er hinzu: „Mir dir und Dominik."

Der Kleine gedieh prächtig. Während der Sommermonate, wenn es warm und sonnig war, hielt sich Laura oft mit ihm im Garten auf. Manchmal verbrachte sie die Nachmittage in Mathildas Gesellschaft auf der großen Terrasse, dann spielte er auf einer dicken weichen Decke oder übte sich im Krabbeln, während Mama und Großmutter Limonade tranken. Hin und wieder gesellten sich auch Jenny und ihre Kinder zu ihnen, dann fuhr Sebastian seinen Plüschhasen Mr. Pixel auf seinem Bobby-Car spazieren und Sandra lag Vokabeln lernend im Liegestuhl in der Sonne.

Manchmal sah Laura Daniel im Garten, doch sie winkten einander nur kurz aus der Ferne zu. Sie bemühte sich, nicht mit ihm zusammen gesehen zu werden, weil sie befürchtete, dass es außer Theresa auch noch andere im Riva-Haus geben könnte, die Matthias davon berichten würden. Eigentlich hatte sie sich nicht darum kümmern wollen, ob es Matthias gefiel oder nicht, wenn sie mit ihm redete, dennoch hielt sie es für angebracht, jeglichem Streit aus dem Weg zu gehen, vor allem um Daniel unangenehme Auseinandersetzungen mit Matthias zu ersparen. Dennoch bedrückte es sie, denn Daniel hatte es nicht verdient, einfach ignoriert zu werden. Selbst wenn er keine besondere Rolle für sie gespielt hätte, hätte sie nicht gewollt, dass man ihn wie einen Menschen zweiter Klasse behandelte.

Als Dominik fast sechs Monate alt war, wurde er in der Wallberger Dorfkirche getauft. Die Familie machte kein großes Aufsehen davon, nur die Bewohner des Herrenhauses nahmen daran teil. Zum Paten vonseiten der Rivas war Michael bestimmt worden. Ursprünglich hatte sich Laura für Jenny entschieden, doch Matthias war dagegen gewesen, für einige schien sie noch immer keine echte Riva zu sein. Da Laura keine eigene Familie hatte, wurde Sina als Dominiks Patin im Taufschein eingetragen. Leider war es ihr nicht möglich, zu den Festlichkeiten nach Wallberg zu kommen, da sie kurz zuvor einen Unfall hatte und im Krankenhaus liegen mußte. Vor Enttäuschung weinte sie am Telefon, als sie Laura von ihrem Missgeschick erzählte, und sie versprach, den Besuch so bald wie möglich nachzuholen. Statt ihrer ging ein großes Paket mit Spielsachen für Dominik im Herrenhaus ein.

Zur Feier des Tages gab es ein kleines Festessen, das im Speisesaal eingenommen wurde. Alles drehte sich um den kleinen Dominik, er wurde herumgereicht und ließ gutmütig und brav alles über sich ergehen. Gäste und Familie waren guter Dinge, - nur einer nicht: Matthias.

Laura hatte sich schon seit einiger Zeit Sorgen um ihn gemacht, weil er sich seiner kleinen Familie gegenüber seltsam verhielt. Immer häufiger zog er sich, wenn er nach Hause kam, in sein Arbeitszimmer zurück. Nahm er dann doch einmal am Familienleben teil, war er sehr schweigsam, oder aber mürrisch und gereizt. Laura hätte nicht einmal genau sagen können, wann dieses Verhalten angefangen hatte.

Obwohl Dominik von Tag zu Tag hübscher und possierlicher wurde, schien sich Matthias kaum für ihn zu interessieren, geschweige denn, ihn auf den Arm zu nehmen. Selbst bei der Taufe quittierte er die Glück-wünsche und Lobeshymnen auf seinen kleinen Sohn nur mit einem gequälten Lächeln.

Auch Laura selbst fühlte sich seit einiger Zeit von ihm vernachlässigt, und wenn sie ihn fragte, was los sei, bekam sie entweder keine Antwort, oder es folgte die Ausrede, dass es in der Kanzlei im Augenblick besonders stressig zugehe und er seine Ruhe brauche. Sie wußte nicht, ob sie ihm das glauben sollte. Nächtelang lag sie wach, ohne eine Erklärung zu finden, und selbst, wenn sie versuchte, sich ihm zu nähern, wurde sie oftmals abgewiesen.

„Fühlt sich Michael zurzeit auch so gestresst?", fragte sie Jenny eines Tages. „Hat er dir auch erzählt, dass es in der Kanzlei im Augenblick ziemlich hoch hergeht?"

Jenny schaute die Schwägerin verwundert an und schüttelte den Kopf. „Nein, davon weiß ich nichts. Mike ist genauso ruhig und ausgeglichen, wie immer. Ich denke, wenn es in der Kanzlei besondere Schwierigkeiten gäbe, hätte er mir davon erzählt."

„Matthias hat sich so verändert in letzter Zeit. Wenn ich nur wüsste, was mit ihm los ist."

Laura hätte Jenny gern gefragt, ob sie es für möglich hielt, dass Matthias etwas über Daniel und sie herausgefunden hatte, doch Jenny wußte ja nicht alles, sie hatte ihr keine Details darüber verraten.

„Vielleicht hat er bemerkt, dass Daniel in dich verliebt ist und beobachtet euch nun. Ihr solltet auf jeden Fall vorsichtig sein und keinen Grund für irgendwelches Gerede liefern."

„Das tun wir doch nicht, Jenny. Ich habe Daniel das letzte Mal getroffen, als ich mit Dominik in Ossfelden beim Kinderarzt war, und das war Zufall. Jedenfalls von meiner Seite aus. Im Grunde frage ich mich aber, was ist denn schon dabei, wenn ich ihn zufällig treffe und wir ein paar Worte miteinander wechseln? Wie kommt Matthias dazu, mir das zu verbieten."

Jenny lachte bitter. „Das passt zu ihm. Darfst du dich überhaupt noch mit mir treffen? Von mir wird er auch nicht gerade die beste Meinung haben, stimmt's?"

Laura schwieg, und Jenny sah darin ihre Vermutung bestätigt.

„Jenny, ich weiß manchmal nicht mehr, was ich tun soll. Das ist nicht mehr der Matthias, den ich in Hannover kennengelernt habe. Was mache ich denn nur falsch? Was erwartet er von mir? Ich kann mich doch nicht völlig ändern, nur um ihm zu gefallen."

„Nein, das kannst du nicht. Und das solltest du auch nicht. Aber vielleicht solltest du ihn einmal rundheraus fragen und nicht lockerlassen, bis ihm nichts anderes übrigbleibt, als dir zu antworten."

Laura nickte. „Wahrscheinlich hast du recht", sagte sie. Sie nahm sich auch ganz fest vor, Jennys Vorschlag in die Tat umzusetzen, doch weil es ihr unangenehm war, dieses Thema anzuschneiden, und weil sie immer noch hoffte, eines Tages würde von selbst alles gut werden, schob sie es immer wieder hinaus.

10.

Sebastian war den ganzen Tag über quengelig gewesen, und dann hatten sie auch noch seinen Plüschhasen Mr. Pixel im Auto vergessen, als sie vom Einkaufen zurückkamen. Er heulte und ließ sich kaum mehr beruhigen. Jenny war genervt, sie schnappte sich den Jungen und drückte ihn Michael in die Arme.

„Mr. Pixel!", stöhnte sie und verdrehte die Augen. „Ich werde ihn schnell holen, sonst haben wir den ganzen Abend über keine Ruhe mehr."

„Na, dann wollen wir mal sehen, was wir solange machen, bis Mr. Pixel wieder da ist", lachte Michael gutgelaunt. Er kam gut mit dem Jungen zurecht, und um ihn abzulenken, fiel ihm auch gleich wieder eines der Spielchen ein, von denen er wußte, dass es Sebastian Spaß machen und er sich schnell wieder beruhigen würde.

Jenny wollte sich beeilen. Es war gegen sieben Uhr, Zeit für Sebastian sein Abendbrot zu essen, damit er rechtzeitig ins Bett kam.

Im Haus war es still um diese Zeit. Nach dem Abendessen saßen die alten Damen in Mathildas Salon zusammen und spielten Canasta, und Walter Riva hatte sich in sein Arbeitszimmer zurückgezogen.

Jenny war gerade die Treppe heruntergekommen, als Matthias von der Garage her die Halle betrat. Doch bevor sie ihm ein „Hallo!" zurufen konnte, bemerkte sie, wie sich die Tür einer Abstellkammer einen Spaltbreit öffnete und jemand in Matthias' Richtung sagte: „Naaaa, stolzer Papa?"

Jenny stutze und trat schnell hinter eine der dicken Säulen neben der Treppe.

„Hallo!", hörte sie Matthias kurz antworten. Er schickte sich an, weiterzugehen, doch im Türspalt erschien eine Hand, die ihn am Arm zurückhielt.

„Was ist denn los, was willst du denn schon wieder?" Matthias schien ärgerlich zu sein und machte sich los.

„Warte!"

Er blieb stehen. „Was ist denn noch?"

„Wie geht's deiner hübschen treuen Gattin und dem Kind mit dem Muttermal?"

Jenny hielt den Atem an, sie hatte Theresas Stimme erkannt.

„Ich weiß nicht, was du willst", antwortete Matthias noch immer gereizt. „Hör zu, so langsam hab ich deine Anspielungen satt. Laß mich endlich in Ruhe."

„Ich meine es nur doch gut mit dir, deshalb solltest du auf mich hören."

„Entweder du sagst mir jetzt ganz konkret, was du mir sagen willst, oder du hältst ein- für allemal den Mund."

"Bist du denn wirklich so dumm, dass du nicht selbst siehst, was gespielt wird? Hast du immer noch nicht gemerkt, dass sie einander schöne Augen machen, deine hübsche Frau und der Bastard der blonden Hure?"

Jenny erschrak, sie presste sich die Faust vor den Mund, um keinen Ton von sich zu geben. Ihr Herz klopfte ihr bis zum Halse.

Matthias schaute sich vorsichtig um und verschwand

dann ebenfalls in der Kammer, die Tür ließ er jedoch einen Spaltbreit offen.

Jenny kam einen Schritt hinter der Säule hervor, um besser hören zu können.

„Jetzt will ich endlich wissen, wovon du sprichst", zischte Matthias. „Ich weiß, dass es dir von Anfang an nicht gefallen hat, dass ich geheiratet habe. Du wirst doch aber wohl nicht im Ernst geglaubt haben, dass du jemals eine Rolle in meinem Leben spielen könntest?"

Theresa ging nicht darauf ein. „Ich habe sie gesehen, damals." Sie flüsterte, dennoch war der Triumph in ihrer Stimme nicht zu überhören.

„Wann, damals?"

Sie lachte. „Neun Monate, bevor das Kind zur Welt gekommen ist."

„Was hast du gesehen?"

„Getanzt haben sie miteinander, deine Schöne und der Kretin. Eng umschlungen, wie ein Liebespaar. Und geküsst haben sie sich. Förmlich aufgefressen haben sie einander. Sie konnten einfach nicht mehr voneinander lassen." Sie lachte wieder. „Und dann sind sie zusammen verschwunden."

„Wohin?"

„Das weiß ich nicht, aber später hab ich Licht oben im Zimmer vom Krug gesehen. Die Vorhänge waren zugezogen, aber dahinter sah man ihre Schatten..."

Matthias kam aus der Tür. „Du dichtest dir da etwas zusammen."

„Ach ja? Und woher hat das Kind dann das Muttermal? An derselben Stelle wie der Kretin? Und genau da, wo auch seine Mutter eines hatte?"

„Woher willst du das wissen?"

„Weil ich es gesehen habe."

Matthias schien unsicher geworden zu sein. „Halte endlich dein loses Mundwerk, sonst..."

„Sonst was?" Sie lachte und kam aus der Kammer heraus. „Schau doch nach! Von wem sonst sollte der Kleine das Muttermal haben? Von dir vielleicht?" Sie lachte noch einmal. „Schau nach, und du wirst sehen, dass ich recht habe. Sie treiben es miteinander, und das ganze Dorf weiß es und lacht schon über dich, über den stolzen Herrn Riva, dem Hörner aufgesetzt werden."

Matthias antwortete nicht mehr. Er durchquerte die Halle mit hochrotem Kopf und zornigem Gesicht.

Blitzschnell zog sich Jenny wieder hinter die Säule zurück. Sie wartete noch, bis Theresa lachend in Richtung Küche davongegangen war und Matthias dicht vor ihr die Treppe hinaufstieg.

'Oh mein Gott, die arme Laura', dachte sie. Sie zog ihr Handy aus der Hosentasche, lief so schnell sie konnte in die Garage und drückte Lauras Kurzwahlnummer.

„Hey, Jenny, was gibts?" Laura sprach mit gedämpfter Stimme, vermutlich war Dominik schon eingeschlafen.

„Laura, ich muß dich warnen", brachte Jenny atemlos hervor. „Sei vorsichtig, ich glaube, es liegt was in der Luft."

„Warnen? Wovor denn? Was ist denn los?"

„Theresa hat mit Matthias gesprochen, es ging um Daniel und dich. Er ist verdammt wütend, und jetzt ist er auf dem Weg zu dir..."

Sie konnte nicht weitersprechen, denn im Hintergrund war Lärm zu hören. Eine Tür wurde zugeschlagen, und dann war die Verbindung abgebrochen.

Hilflos stand Jenny in der Garage und wußte nicht, was sie tun sollte. Ihr Herz klopfte, sie hatte Angst um Laura, denn nach dem, was Matthias eben erfahren und wie er darauf reagiert hatte, fürchtete sie, er könnte seine Frau sogar schlagen. Im letzten Augenblick fiel ihr ein, warum sie eigentlich heruntergekommen war. Sie lief zum Auto und griff sich das Plüschtier.

„Sag mal, wo bleibst du denn so lange?", fragte Michael ungeduldig. „Hast du den Hasen gefunden?"

Jenny zitterte vor Aufregung. „Mikey, es ist etwas Schreckliches passiert, Matthias ist außer sich vor Zorn. Ich habe Angst, dass er Laura schlägt."

„So ein Unsinn! Matthias schlägt doch seine Frau nicht. Wer weiß, was die zwei miteinander haben. Das kommt in jeder Ehe mal vor, das gibt sich auch wieder."

Jenny schüttelte den Kopf. „Mike, drüben stimmt was nicht. Matthias ist wie von Sinnen, und ich weiß auch, warum."

Michael war froh, ihr Sebastian wieder übergeben zu können. „So? Warum denn?"

„Er ist überzeugt davon, dass Laura ihn betrogen hat und Dominik nicht sein Sohn ist."

„Wie kommt er denn auf sowas?"

Jenny schwieg einen Augenblick und dachte an die Szene in der Halle. „Das hat ihm Theresa eingeredet. Ich habe es gehört."

„Theresa? Du glaubst doch nicht im Ernst, dass Matthias auf Theresa hört. Ausgerechnet er."

„Sie hat behauptet, sie hätte Laura zusammen mit Daniel gesehen."

„Na und? Das könnte sie von dir auch behaupten. Keiner unterhält sich so oft mit ihm wie du."

„Nicht so, wie du denkst, sie meinte es anders."

Obwohl ihre Hände noch immer zitterten, begann sie, das Abendbrot für Sebastian zu richten.

„Das ist doch Unsinn." Michael schüttelte den Kopf. „Wie kann Matthias so etwas glauben."

Jenny überlegte. Sollte sie Michael erzählen, was sie wußte? Nein, auf keinen Fall, sagte sie sich. Laura hatte ihr die Sache mit Daniel anvertraut, sie verließ sich drauf, dass sie schwieg. Sie hatte Laura viel zu gern, um sie zu verraten. „Es schien, als hätte sie es ihm schon häufiger einzureden versucht."

Sie griff zum Handy und wählte Lauras Nummer, doch sie bekam keine Verbindung.

„Ihr Handy ist abgestellt. Ich mach mir schreckliche Sorgen um sie, Mike. Kannst du nicht einfach mal rübergehen und Matthias etwas fragen?"

„Was soll ich ihn denn fragen?"

„Mein Gott, irgendetwas. Einfach nur, um zu sehen, ob alles in Ordnung ist."

Michael seufzte. „Vielleicht später. Wenn sie jetzt gerade mal ihren ersten Ehekrach haben, kann ich mich doch nicht gleich einmischen."

„Das ist nicht nur ein Ehekrach, Mikey. Stell dir vor, was in Matthias vorgehen mag. Du weißt doch, wie schnell er ausrastet, wenn jemand an seiner Ehre kratzt."

„Er wird sich beruhigen, wenn er herausfindet, dass es sich nur um dummes Gerede handelt. Noch dazu von einer Hausangestellten, die ihm seit Jahren schöne Augen macht, und die seine Frau von Anfang an am liebsten zum

Teufel geschickt hätte."

Jenny seufzte, sie glaubte nicht daran. Am liebsten wäre sie selbst unter einem Vorwand rübergegangen. Aber Mike hatte recht, sie sollten ein, zwei Stunden warten, bevor sie etwas unternahmen.

Laura hatte nicht verstanden, was Jenny ihr hatte sagen wollen. „Warum?" fragte sie erstaunt. „Warnen? Wovor denn?" Doch noch während Jenny versuchte, ihr zu erklären, worum es ging, hörte sie Matthias heimkommen, hörte, wie Türen laut ins Schlöss fielen. Sie erschrak, als er ins Zimmer kam, als sie die Zornesröte in seinem Gesicht sah. Er schlug ihr das Handy aus der Hand und warf es zu Boden.

„Matthias! Was ist denn los? Mach bitte nicht solchen Lärm, Dominik ist gerade eingeschlafen."

Er stürmte an ihr vorüber ins Kinderzimmer, stand vor dem Kinderbett und riss die Decke zur Seite. „Nimm ihn heraus!"

Erst jetzt begriff Laura, wovon Jenny geredet hatte. Er hatte herausgefunden, dass sie und Daniel... 'Oh, mein Gott', dachte sie und das Blut wich ihr aus dem Gesicht.

„Nimm ihn heraus!", schrie Matthias noch einmal.

Laura stellte sich schützend vor das Kinderbett. „Das geht nicht, du siehst doch, dass er schläft. Wenn du mit mir streiten willst, dann laß uns ins Wohnzimmer gehen, damit er nicht gestört wird."

Matthias schob sie unsanft zur Seite und zischte wütend: „Zum allerletzten Male, nimm ihn heraus."

Vollkommen verstört und mit zitternden Händen hob sie Dominik vorsichtig aus dem Bettchen und drückte ihn an ihre Brust.

„Zeig mir seinen Rücken." Er zerrte an seinem Hemdchen.

„Aber warum denn! Matthias, was ist denn los?"

Das Kind im Arm trat sie ein paar Schritte zurück. Der Kleine war wegen des Lärms aufgewacht und begann zu maunzen. Matthias riss ihm das Hemdchen hoch.

„Und was ist das?", schrie er und wies auf ein Muttermal auf seinem Rücken.

„Das ist ein Muttermal. Er hat verschiedene davon, was ist denn so schlimm daran?"

„An derselben Stelle, wie die Hure und ihr Sohn?", spuckte er ihr förmlich entgegen.

„Ich weiß nicht, was du meinst."

Sie versuchte, die Kleidung des Kleinen wieder zu richten und wiegte ihn in ihren Armen, um ihn zu beruhigen. Und auch, um sich selbst zu beruhigen.

„Glaubst du, ich weiß nicht, was da läuft?", schrie Matthias. „Glaubst du, ich weiß nicht, dass du mich mit diesem Kretin betrogen hast? Dass dies hier nicht mein Kind ist? Wie konntest du es wagen, mir diesen Bastard unterzujubeln. Das ganze Dorf redet schon darüber, du hast mich zum Gespött gemacht."

Laura zitterte, sie wußte nicht, wie sie sich verhalten sollte. Mit jemandem, der so außer sich war, konnte man nicht vernünftig reden. Und was hätte sie denn gegen seine Anschuldigungen vorbringen sollen? Hätte sie behaupten sollen: 'Das ist nicht wahr'? - Wenn man sie gesehen hatte damals, wie konnte sie es dann abstreiten? Sie stand da und schaute Matthias nur schweigend an.

„Und? Was hast du dazu zu sagen?"

158

Sie schwieg noch immer, für sie gab es nichts zu sagen. Behutsam legte sie Dominik wieder zurück in sein Bettchen, doch das schien ihm nicht zu gefallen, denn nun begann er zu weinen.

„Du gibst es also zu?" Matthias schrie wieder. „Du bist die gleiche Hure, wie die dort unten eine war. Du bringst Schande über unser Haus, du und dein Bastard. Ihr seid es nicht wert, unter dem Dach der Rivas zu leben." Er redete sich förmlich in Rage. „Ich will, dass ihr verschwindet. Heute noch! In zwei Stunden will ich euch hier nicht mehr sehen."

Er ging und knallte die Tür hinter sich zu.

Laura stand wie versteinert und starrte auf die geschlossene Tür. War das Wirklichkeit gewesen, was sie da eben erlebt hatte, oder nur ein böser Traum? War das ihr Matthias gewesen, dem sie aus Liebe von Hannover hierher gefolgt war? Der zärtliche Matthias, der ihr einst die Sterne vom Himmel geholt hatte?

Sie bemerkte, wie ihr eine eisige Kälte über die Kopfhaut kroch, die sie fast lähmte. Erst Minuten später war sie wieder fähig, einen klaren Gedanken zu fassen, und sie fing erneut an zu zittern.

Ja, sie hatte ihn betrogen, doch das mußte nicht heißen, dass Dominik nicht sein Sohn war. Aus Jennys Warnung hatte sie herausgehört, dass er mit Theresa gesprochen hatte. Hatte ihm das genügt, um sie zu verurteilen? Er hatte es nicht für nötig gehalten, mit ihr, Laura, seiner Frau, in Ruhe darüber zu reden. Warum hatte er nicht gesagt: 'Ich habe da etwas gehört, hast du dafür eine Erklärung?' Dann hätte sie ihm erzählt, was damals mit Daniel gewesen war, und vielleicht hätten sie gemeinsam eine Lösung finden können. Wie zwei erwachsene vernünftige Menschen. Doch er hatte es vorgezogen, sie Hure zu nennen und sie mitsamt dem Kind aus dem Haus zu jagen.

Hure! Die ersten Tränen drängten sich unter ihren Lidern hervor und liefen ihr über die Wangen.

Einen winzigen Augenblick lang zog sie in Erwägung, hinüber zu Jenny zu laufen, doch dann besann sie sich. Nein, sie durfte die Schwägerin nicht mit hineinziehen in diese Sache, zumal sie nicht wußte, wie Michael dazu stand.

Matthias hatte sie fortgejagt, sie des Hauses verwiesen. Sie konnte und wollte nicht die Trotzige spielen, oder die Unschuldige, deshalb würde sie die Konsequenzen ziehen und gehen. Morgen, wenn Matthias in der Kanzlei war, würde sie kurz zurückkommen und mit Jenny reden. Die Schwägerin hatte viele Freunde in Wallberg, vielleicht konnte sie ihr helfen, irgendwo ein Zimmerchen zu finden, bis sie sich um eine eigene kleine Wohnung für sich und Dominik kümmern konnte. Für heute Nacht wollte sie sich ein Zimmer im Krug nehmen.

Mit fliegenden Fingern suchte sie ein paar Sachen für Dominik zusammen: Wäsche, Windeln, Cremes, - sogar zwei vorgefertigte Fläschchen nahm sie aus dem Kühlschrank. Das alles packte sie in eine Reisetasche.

Behutsam hob sie Dominik aus seinem Bettchen, zog ihn warm an und legte ihn in die Babyliege. Es wurde schon kühler um diese Jahreszeit.

Bevor sie das Apartment verließ, lauschte sie auf den Flur hinaus. Alles war still. Sie wollte niemanden treffen, wollte niemandem erklären müssen, was geschehen war, wessen Matthias sie beschuldigt hatte. Sie packte die Tasche und das Kind ins Auto und fuhr in Richtung Dorf.

Je weiter das Riva-Haus hinter ihr lag, desto heftiger weinte sie. Was würde der Wirt vom Krug denken, wenn sie in Tränen aufgelöst nach einem Zimmer fragte? Sicher wußte er inzwischen, wer sie war, und die Neuigkeit würde wie ein Lauffeuer im Dorf herumgehen. Doch das war ihr gleichgültig. Vielleicht hätte sie sogar einige der Dorfbewohner auf ihrer Seite, dachte sie, denn im Gegensatz zu Matthias war sie immer freundlich zu allen gewesen.

Schön, nun hatte Theresa endlich ihre Genugtuung. Dass sie *ihr* wehtun wollte, war die eine Sache, doch was konnte Dominik dafür? - Laura mußte wieder weinen und konnte kaum aufhören damit. Blind von Tränen erreichte sie die ersten Häuser des Dorfes.

Auf einmal wurde ihr bewußt, dass sie an Daniels Haus vorübergefahren war. Daniel! Er war der einzige Mensch, der sie in ihrer Situation auffangen und trösten konnte. Das Verlangen, sich in seine Arme zu werfen und auszuweinen wurde fast übermächtig. Sie hielt an und setzte den Wagen einige Meter zurück, bis sie erkennen konnte, dass durch die Ritzen seiner Fensterläden Licht fiel. Er war zu Hause. Ein paar Minuten blieb sie reglos im Auto sitzen, dann stieg sie aus, nahm die Babyliege mit Dominik heraus und läutete an Daniels Haustüre. Ob er überhaupt merkte, dass jemand vor seiner Türe stand, da er doch das Klingeln gar nicht hören konnte? Dann aber sah sie Licht in der Diele aufleuchten, und im nächsten Augenblick wurde die Haustüre geöffnet, und er stand vor ihr.

Er war verblüfft. Als er sah, dass sie weinte, zog er sie in die Diele, schloss die Haustüre hinter ihr und nahm sie ganz fest in die Arme. Sie schluchzte an seiner Brust, und zärtlich strich er ihr immer wieder über das Haar und über den Rücken. Er fühlte sich hilflos, weil er nicht wußte, was geschehen war.

Seine Küche war nur klein. Er wies auf die Eckbank und forderte sie auf, sich zu setzen. Die Babyliege stellte er neben sie auf die Bank, dann nahm er ihr gegenüber Platz und griff nach Block und Stift, die auf dem Tisch lagen. „Was ist passiert?", fragte er voller Anteilnahme.

Lauras Hand zitterte, während sie schrieb. „Er hat uns rausgeworfen."

Daniel vergaß zu schreiben, starrte sie nur entsetzt an, und in seinen Augen stand die Frage: „Warum?"

„Er ist davon überzeugt, dass Dominik nicht sein Sohn ist."

„Wie kommt er denn darauf?"

„Dominik hat verschiedene Muttermale, eines davon auf dem Schulterblatt..."

Eine Sekunde lang schauten sie sich in die Augen, und Laura ahnte, warum er so erschrocken war. Auch sie mußte an den kleinen Schmetterling denken, den sie auf seiner Schulter entdeckt hatte. Damals, vor einem Jahr. „Das muß überhaupt nichts heißen", schrieb sie, „das ist purer Zufall. Es gibt viele Leute mit Muttermalen..."

Daniel nickte.

„Wir sind gesehen worden damals, und jemand hat ihm davon erzählt."

„Theresa?"

Sie nickte und weinte wieder. „Er hat mich eine Hure

genannt und gesagt, ich brächte Schande über das Haus Riva."

Ihre Tränen tropften auf das Papier, während sie schrieb. „Vielleicht können wir hierbleiben heute Nacht? Ich weiß nicht, wohin ich sonst gehen soll."

Er griff nach ihrer Hand und streichelte sie. „Ihr könnt hierbleiben, solange ihr wollt, das weiß du."

Wie Laura von Jenny wußte, hatte Daniel den größten Teil seines Hauses vermietet und nur einen kleinen Teil für sich behalten. Seine Wohnung bestand aus der Küche, von wo aus auf der einen Seite ein Durchgang in das Wohnzimmer führte, auf der anderen eine Tür in eine Kammer, in der er schlief. Er war einfach eingerichtet, das Mobiliar schien noch von seiner Mutter zu stammen. Alles war sauber und aufgeräumt, obwohl er ganz sicher nicht mit Gästen gerechnet hatte.

Nachdem ihm Laura noch einmal alles genau geschildert hatte, bot er ihr die Kammer an, in der, außer einem altmodischen Kleiderschrank, nur ein großes Bett mit einem Nachttisch stand. Das Bett war mit einer Quiltdecke zugedeckt.

„Die Kammer ist für dich und den Kleinen", schrieb er, „ich werde im Wohnzimmer auf der Couch schlafen."

„Ich hoffe, das ist nicht zu unbequem für dich."

Er schüttelte den Kopf und lächelte. „Man kann sie ausziehen. Das reicht mir vollkommen."

Während Laura den Kleinen auf dem großen Bett noch einmal wickelte, kam Daniel zögernd näher, kauerte sich daneben und schaute ihr fasziniert zu. Sein Blick war ganz sanft, und immer wieder berührte er mit seiner Hand, die gewohnt war, mit groben Dingen umzugehen, ganz vorsichtig die Wangen und die kleinen zarten Fingerchen des Kindes.

Mit Hilfe der Quiltdecke machte Laura ein Nachtlager für Dominik zurecht, indem sie sie zwischen Bett, Wand und Nachttisch legte, sodass eine Art Mulde entstand. Er sollte nicht die ganze Nacht in der Babyliege verbringen, sie wollte ihn aber auch nicht auf das Bett legen, aus Angst, er könnte herunterfallen, falls sie schließlich doch einschlafen sollte. Bevor Daniel ging und seine Gäste in der Kammer allein ließ, nahm er Laura noch einmal in die Arme und küsste sie, dann sagte er ihr mit der entsprechenden Gebärde Gute Nacht.

Später, als Laura auf dem großen Bett lag und in die Dunkelheit starrte, stand die Szene im Riva-Haus wieder lebendig vor ihr, und sie mußte erneut weinen. Wie konnte sie sich in Matthias nur so getäuscht haben? Was war aus dem netten jungen Mann geworden, den sie damals in Hannover kennengelernt und mit dem sie so manchen unbeschwerten Urlaubstag und so viele wunderschöne Stunden erlebt hatte? In manchen Ehen mochte es vorkommen, dass der Ehemann nach einem Streit wutentbrannt das Haus verließ, doch dass Matthias so herzlos sein konnte, sie mitsamt ihrem Baby aus dem Haus zu jagen, ohne sich dafür zu interessieren, wo sie die Nacht verbringen würden, das konnte und wollte sie nicht verstehen. Ja, sie hatte ihn betrogen, aber Dominik war unschuldig daran. Wie konnte er den Kleinen büßen lassen für etwas, das er seiner Mutter vorwarf? Immerhin war es möglich, dass er der Vater war, doch das schien ihn gar nicht zu interessieren. Wie anders war da Daniel, wie liebevoll hatte er den Kleinen angeschaut.

Sie rieb sich die Tränen aus den Augen. Sie sehnte sich nach seiner Nähe, nach seiner Umarmung, danach, ihn zu berühren... Fast erschrak sie bei dem Gedanken, dass sie bereit wäre, mit ihm zu schlafen. Heute Nacht! Obwohl gerade erst ihr ganzes Leben aus den Angeln gehoben worden war. Oder vielleicht gerade deshalb?

Er lag im angrenzenden Zimmer auf der Couch und konnte wahrscheinlich genauso wenig schlafen, wie sie. Ob er auch davon träumte, sie in den Armen zu halten? Sie seufzte. Sie wußte, auch wenn er diesen Wunsch verspüren sollte, er würde niemals den Versuch unternehmen, ihr nahezukommen. Nicht heute, nicht nach dem, was sie hatte erleben müssen. Dazu respektierte er sie viel zu sehr.

Erneut versuchte sie, einzuschlafen, doch es wollte ihr nicht gelingen. So viele Gedanken schwirrten ihr durch den Kopf. Morgen war ein neuer Tag, dachte sie. Ab morgen wollte sie ihr Leben selbst in die Hand nehmen, auch ohne die Rivas.

Irgendwann hielt sie es nicht mehr aus. Sie stand auf und tastete sich barfuß hinüber ins Wohnzimmer. Sie bemühte sich, leise zu sein, um Dominik nicht zu wecken.

Daniel lag auf der Couch und wandte ihr den Rücken zu, er war mit einer einfachen Decke zugedeckt. Sie wußte, dass er sie nicht hören konnte, aber... spürte er vielleicht ihre Nähe? Vorsichtig schlüpfte sie unter seine Decke, schmiegte sich an ihn und legte ihren Arm um ihn. Es schien, als hätte er auf sie gewartet, denn genauso vorsichtig wandte er sich zu ihr um, zog sie an sich und bettete ihren Kopf in seine Armbeuge. Wie damals, vor einem Jahr, als sie sich das erste Mal begegnet waren.

Sie atmete tief. Jetzt war alles gut, dachte sie, jetzt konnte ihr nichts mehr geschehen.

Obwohl es lange gedauert hatte, bis Laura zur Ruhe kam, nachdem in ihrem Kopf alles wirr durcheinandergegangen war, hatten schließlich doch Aufregung und Anspannung ihren Tribut gefordert, und sie schlief gegen Morgen ein.

Sie erwachte, als sie das leise Babykrächzen hörte. In Panik fuhr sie in die Höhe und schaute sich um. „Dominik?"

Sie wußte weder gleich, wo sie war, noch was geschehen war. Erleichtert atmete sie auf, als sie Daniel mit Dominik im Arm in einem Sessel sitzen sah. Er lächelte, als wollte er sagen: 'Schau her, wie gut wir uns verstehen'.

Auch sie mußte lächeln, doch urplötzlich kamen die Erinnerungen zurück, und sie fragte sich, ob das wirklich alles geschehen war. Mein Gott, Matthias hatte sie davongejagt, ohne zu fragen, wo sie und das Kind die Nacht verbringen würden. Zum Glück hatte Daniel sie aufgenommen, was hätte sie nur ohne ihn gemacht?

Doch wie sollte es nun weitergehen? Sie konnte unmöglich wieder zu Matthias zurück, nie wieder würde sie ihm vertrauen können, geschweige denn, ihn lieben. Noch immer ein wenig durcheinander stand sie auf und suchte nach ihrem Handy, sie mußte sich unbedingt mit Jenny in Verbindung setzen. - Doch nein, Dominik, war zunächst wichtiger. Sie wickelte ihn und gab ihm sein Fläschchen, während Daniel Kaffee kochte und den kleinen Tisch in der Küche deckte.

„Danke für alles", sagte Laura, als sie sich beim Frühstück gegenübersaßen. „Ich weiß nicht, was ich ohne dich gemacht hätte."

Er lächelte. Mein Gott, wie hübsch er ist, dachte sie, trotz der blonden Stoppeln, die nun sein Kinn überzogen. Wie war es nur möglich gewesen, dass sie sich so sehr in diesen Mann verlieben konnte, obwohl sie doch von Anfang an gewußt hatte, dass er für sie tabu war? - Doch war er das jetzt immer noch nach der gestrigen Szene im Riva-Haus? Sie schaute ihn an und malte sich aus, wie schön es wäre, wenn er jetzt neben ihr säße, seine Arme um ihren Schultern ... Nein, nein, jetzt war nicht die Zeit dafür, an so etwas zu denken, sie mußte einen kühlen Kopf bewahren und eine Lösung finden für sich und ihr Kind.

Sie schaltete ihr Handy ein. Wie sollte sie reagieren, wenn Matthias sich gemeldet hatte, um sich bei ihr zu entschuldigen? - Doch da war nichts. Die einzige Nachricht, die eingegangen war, war eine SMS von Jenny. „Laura, ruf mich bitte *sofort* an, ich mach mir große Sorgen", las sie. Sie hielt Daniel das Handy hin, damit er es lesen konnte.

Er griff nach seinem Block. „Sie ist ein lieber Kerl, und sie hat dich sehr gern", schrieb er.

Laura nickte. „Ich weiß."

Sie wählte Jennys Nummer.

„Mein Gott, Laura! Wie geht's dir? Und Dominik? Wo seid ihr denn? Ist alles in Ordnung?"

„Ja, Jenny, es ist alles in Ordnung, wir sind bei Daniel."

Sie hörte die Schwägerin aufatmen. „Das ist gut", sagte sie. „Laura, du mußt unbedingt nach Hause kommen,

Vater will mit dir reden."

Laura erschrak. „Oh mein Gott, ich hab keine Lust, ihm Rede und Antwort zu stehen."

„Nein, Laura, keine Angst, er steht auf deiner Seite. Er hat sich Matthias heute früh vorgeknöpft und war sehr ärgerlich auf ihn. Es soll eine ziemlich laute Auseinandersetzung gegeben haben zwischen den beiden. Du hast wirklich nichts zu befürchten von dem alten Herrn."

„Ich weiß nicht recht." Laura war unsicher. „Was will er denn dann von mir?"

„Keine Ahnung, aber sicher nichts Böses. Er hat mir aufgetragen, dir das zu sagen. Bitte, laß ihn nicht warten, er ist extra deinetwegen heute früh zu Hause geblieben. Komm so schnell es dir möglich ist."

„In Ordnung, ich werde kommen. Ich hatte sowieso vor, mit dir zu reden. Ich muß ja jetzt sehen, wie es mit uns weitergeht."

Sie stand auf, und suchte ihre Sachen zusammen.

„Mein Schwiegervater will mich sprechen", erklärte sie Daniel.

„Der alte Riva ist ein großartiger Mann", antwortete er, „schade, dass Matthias so gar nichts von ihm hat."

Sie seufzte tief und nickte, dann bettete sie Dominik wieder in die Babyliege. Es war Zeit, zu gehen.

„Du kannst jederzeit zurückkommen", schrieb er, „mein Haus ist auch dein Haus, und ich werde immer für euch da sein."

„Das weiß ich, Daniel. Danke dafür."

„Gib mir bescheid, wie die Sache oben gelaufen ist."

"Ja, das mach ich."

Zum Abschied nahm er sie in die Arme und küsste sie,

und diesmal konnte sie nicht anders, sie mußte seinen Kuss erwidern. Und sie tat es voller Hingabe und Leidenschaft. Beiden fiel es schwer, ein Ende zu finden, es war wie ein gegenseitiges Versprechen, dass es weitergehen würde mit ihnen. Und warum nicht? dachte Laura, sie fühlte sich Matthias gegenüber zu nichts mehr verpflichtet, nachdem er ihr das angetan hatte.

11.

Jenny wartete bereits, als Laura im Herrenhaus ankam. Sie umarmte sie. „Geh gleich zu ihm", sagte sie und griff nach der Babyliege. „Ich nehme Dominik solange zu mir, wir können später reden, in Ordnung?"

Laura nickte. „Danke, Jenny"

Mit pochendem Herzen machte sie sich auf den Weg zum Arbeitszimmer ihres Schwiegervaters. Gewiss würde er Matthias' Verhalten nicht gut finden, dennoch... Sie hatte ihn betrogen, dafür schien es Zeugen zu geben. Würde er ihr nun Vorhaltungen machen?

Sie klopfte und hörte laut und deutlich Walter Rivas „Herein!"

Als sie eintrat, fühlte sie sich befangen, wie eine Schülerin, die ins Rektorat zitiert worden war. Bisher war sie nur selten in seinem Arbeitszimmer gewesen, und wenn, dann nur kurz und zu belanglosen Anlässen.

Die getäfelten Wände, das alte dunkle verschnörkelte Mobiliar, die Gemälde an den Wänden, das alles wirkte, als hätte sich hier seit hundert Jahren nichts verändert.

Majestätisch saß Walter Riva hinter seinem großen alten Schreibtisch. Eine imposante Erscheinung mit schneeweißem Haar und buschigen weißen Augenbrauen, - durchaus Respekt einflößend. Doch er lächelte.

„Guten Morgen, mein Kind", sagte er freundlich und bot ihr mit einer einladenden Geste Platz im Sessel vor seinem Schreibtisch. Erst jetzt bemerkte Laura Mathilda, die etwas abseits saß, als hätte sie mit der bevorstehenden Unterredung nichts zu tun, sondern wäre nur Zuhörer.

Nachdem sich Laura gesetzt hatte, begann Riva ohne Umschweife.

„Ich möchte mich für das ungehörige Benehmen, das Matthias an den Tag gelegt hat, entschuldigen, Laura. Was immer zwischen euch gewesen ist, das kann keine Rechtfertigung dafür sein, dass man seine Frau und sein Kind aus dem Haus jagt. Ich schäme mich für ihn."

Laura schluckte, sie wußte nicht, was sie antworten sollte.

„Dieses Haus ist *mein* Haus", fuhr Riva fort. „Wenn es notwendig ist, jemanden dieses Hauses zu verweisen, dann ist das *meine* Angelegenheit. Matthias hat nicht das Recht und nicht die Vollmacht, das in meinem Namen zu tun." Er machte eine kleine Pause. „Weder meine Frau noch ich möchten, dass du gehst, Laura."

Er wies auf Mathilda, und als Laura sich umwandte, sah sie, dass auch sie ihr freundlich zulächelte.

„Ich weiß nicht, worum es bei eurem Streit ging, er sagte etwas von Gerüchten, die er gehört haben will und die..."

„Nein", unterbrach ihn Laura, „es war kein Streit. Er kam ganz plötzlich hereingestürmt..."

Ihre Stimme begann zu zittern, und ihr traten wieder die Tränen in die Augen bei der Erinnerung an diesen demütigenden Abend. Doch sie wollte offen und ehrlich sein und nichts beschönigen. „Ich gebe zu...", begann sie, doch diesmal war es Walter Riva, der die Hand hob und sie unterbrach.

„Er kann manchmal ein Hitzkopf sein. Und stur obendrein. Wer weiß, wo und von wem er irgendetwas aufgeschnappt hat. Das jedenfalls ist kein Grund, sich derart danebenzubenehmen."

„Er hätte mit mir reden können", entgegnete Laura leise, „aber er hat nicht einmal den Versuch gemacht. Stattdessen hat er..." Sie fuhr sich mit dem Handrücken über die Augen. „Statt dessen hat er mich..." Sollte sie ihnen sagen, dass er sie eine Hure genannt hatte?

„Laura!" Rivas Stimme klang sanft und freundlich. „Ihr beide, du und das Kind, ihr gehört zur Familie. Du hast deinen Platz im Hause Riva, und Dominik hat das Recht, hier im Kreise seiner Familie aufzuwachsen. Ich werde dafür sorgen, dass das auch so bleibt. Selbstverständlich steht euch weiterhin euer Apartment zur Verfügung. Für Matthias gibt es genug Ausweichmöglichkeiten, bis er sich besinnt und einsieht, dass er dir Unrecht getan hat. Wie es dann mit euch weitergeht, liegt in eurer Hand."

„Ob es jemals wieder so sein kann zwischen uns, wie es war..." Laura flüsterte fast. Sie hatte ein schlechtes Gewissen. Taten sie das, was sie gehört hatten, wirklich nur als Gerücht ab? Trauten sie ihrer Schwiegertochter nicht zu, dass es tatsächlich der Wahrheit entsprechen könnte? Hätte sie ihnen sagen sollen: 'Er hatte ja recht'? Aber letztendlich wußte nicht einmal Matthias genau, ob das, was ihm Theresa eingeredet hatte, der Wahrheit entsprach oder nicht.

„Warum hat er nicht mit mir darüber geredet..."

„Mach dir nicht allzu viele Sorgen, Laura." Riva lächelte. „Er wird einsehen, dass er völlig unangemessen reagiert hat. Ich bin überzeugt, es wird alles wieder in Ordnung kommen."

'Nein, niemals!', schrie es in ihr. 'Ich werde ihn niemals mehr lieben können.' Doch sie schwieg. Sie hatte den Eindruck, als wollte der alte Mann gar nicht so genau wissen, worum es wirklich gegangen war. Das irritierte sie.

„Falls es weitere Probleme geben sollte, dann melde dich bei mir, mein Kind. Oder bei Mutter."

Damit schien die Unterredung beendet zu sein.

Laura erhob sich. „Danke, dass ihr hinter mir und Dominik steht", sagte sie leise und schaute sich auch kurz nach Mathilda um. „Danke."

Als sie ging, spürte sie die Blicke ihrer Schwiegereltern im Rücken, bis sie die Tür hinter sich geschlossen hatte.

„Wie war's? Erzähl mal!"

Jenny erwartete sie schon voller Ungeduld.

Laura setzte sich und ließ sich einen Kaffee einschenken. „Sie waren sehr nett zu mir", begann sie. „Das hat mich gewundert, denn wenn Matthias ihnen gesagt hat, dass Theresa mich mit Daniel gesehen hat, und dass im Dorf gemunkelt wird, Dominik sei Daniels Sohn, dann müssten sie doch eigentlich *mich* verdammen und auf Matthias' Seite stehen. Ich habe aber eher das Gefühl, als hätten sie gar nicht begriffen, was Matthias mir vorgeworfen hat."

„Ich denke, dass sie seine Reaktion auf ein bloßes Gerücht verurteilen. Natürlich würde es ihnen nicht gefallen, wenn es tatsächlich Gemunkel gäbe im Dorf, aber... Ehrlich gesagt, daran glaube ich nicht. Damit wollte Theresa Matthias nur an seiner Ehre packen."

Laura nickte. „Ich frage ich mich aber, wie die Schwiegereltern überhaupt von der Sache erfahren haben."

„Das kann ich dir erklären. Ich habe Mike gestern Abend rübergeschickt, um nach dir zu sehen. Ich habe mir schreckliche Sorgen um dich gemacht, nach dem, was ich in der Halle gehört und über dein Handy mitbekommen habe. Als Mike feststellte, dass du nicht da warst, hat er nach dir gefragt, und bei Matthias ist sofort wieder eine Sicherung durchgebrannt. Und fast stolz hat er erzählt, dass er kurzen Prozess mit dir gemacht und dich aus dem Haus gejagt hat. Mike war entsetzt darüber, wir wussten zuerst gar nicht, was wir tun sollten. Schließlich hielt er es für das Beste, Mutter davon zu unterrichten. Heute früh hat Vater Matthias dann die Leviten gelesen. Er hat gemeint, die größere Schande sei doch, wenn ein Riva seine Frau und sein Kind wegen einer Tratscherei mitten in der Nacht auf die Straße setzt, ohne die Gewissheit zu haben, ob an dem Gerede etwas dran ist oder nicht."

„Vater machte den Eindruck, als hätte er gar keine Ahnung, wie und durch wen Matthias' auf diesen Verdacht gekommen ist. Wissen sie denn nichts von Theresa?"

„Matthias hat Theresa nicht erwähnt, weder Mike noch seinem Vater gegenüber. Vermutlich wollte er keine schlafenden Hunde wecken. Wer weiß, was sie bei einer Befragung oder einer Gegenüberstellung ausgeplaudert hätte."

Laura nickte, sie dachte daran, was ihr Daniel über Theresa erzählt hatte. Auch davon schienen die

174

Schwiegereltern nichts zu wissen.

„Mike hat zwar von mir von dem Gespräch der beiden gewußt, aber auch er hat Theresa nicht erwähnt, um nicht noch Öl ins Feuer zu gießen. Allerdings sei dann bei der Auseinandersetzung heute früh doch Daniels Name gefallen, sagt er."

„Mir gegenüber haben sie ihn nicht erwähnt."

„Wahrscheinlich halten sie die Sache wirklich nur für dummes Gerede."

Jenny bot Laura ein Brötchen an.

„Danke, ich habe bei Daniel schon etwas gegessen."

Jenny lächelte flüchtig. „Zu ihm zu fahren war übrigens das Beste, was du machen konntest. Ich habe gehofft, dass du zu ihm gehst und erst mal versuchst, zur Ruhe zu kommen."

„Eigentlich hatte ich das gar nicht vor, ich wollte mir ein Zimmer im Krug nehmen."

„Oh je, das wäre dann wirklich wie ein Lauffeuer durchs Dorf gegangen."

Laura seufzte tief. „Die Schwiegereltern scheinen zu glauben, eines Tages könnte alles wieder gut werden mit Matthias und mir. Aber, Jenny, das ist unmöglich. Selbst wenn es keinen Daniel gäbe, könnte ich Matthias nie wieder so lieben, wie früher, könnte ihm nie wieder vertrauen. Bei jedem Streit müsste ich Angst haben, er könnte mich wieder davonjagen. Nein, diesen Matthias habe ich nicht gekannt, und seinetwegen hätte ich niemals mein Leben in Hannover aufgegeben."

Sie vergrub das Gesicht in den Händen. „Was soll ich denn nur tun, Jenny? Soll ich hier im Riva-Haus bleiben, als sei nichts gewesen, oder soll ich freiwillig gehen?"

„Du solltest nichts vom Zaun brechen. Du hast den Segen der Schwiegereltern, deshalb ist es dein gutes Recht, zu bleiben. Versuche aber herauszufinden, wer von beiden Dominiks Vater ist. Normalerweise muß Matthias für ihn sorgen, so oder so. Sollte es Daniel sein, kannst du immer noch überlegen, was zu tun ist."

Laura nickte. „Ja, du hast recht. Das sollte vielleicht wirklich mein nächster Schritt sein."

Solange Matthias in der Kanzlei war, räumte Laura ihre persönlichen Sachen vom gemeinsamen Schlafzimmer in ihr Arbeitszimmer um, und auch aus dem Wohnbereich nahm sie Dinge mit, die ihr lieb und wert waren. Sie wollte ihm möglichst wenig begegnen, wußte aber nicht, wohin er sich zurückziehen würde. Zum Glück war das Kinderzimmer auch von ihrem Arbeitszimmer aus zu erreichen. Außerdem brauchte sie die Küche, sie ging aber davon aus, dass Matthias nicht interessiert daran war. Schließlich war er auch so gut wie ohne ausgekommen, solange er noch alleine gelebt hatte.

Viel Platz hatte Laura nicht, doch das mußte und würde reichen, um ihre Übersetzungsarbeiten fortzusetzen und Dominik zu versorgen. Sie wollte sich so schnell wie möglich nach einer kleinen Wohnung im Dorf umsehen. Am Abend hörte sie Matthias nach Hause kommen, hörte seine Schritte im Korridor, Türen, die geöffnet und geschlossen wurden. Sie hielt den Atem an, und ihr Herz klopfte vor Unruhe und Angst, obwohl sie sich immer wieder sagte, dass sie unter dem Schutz der Schwiegereltern stand, und dass es Matthias nicht wagen würde, ihr oder dem Kind etwas anzutun oder seinen Zorn an ihnen auszulassen.

Jenny hatte sich bei Bekannten in Wallberg und Ossfelden umgehört und nach einer freien Wohnung für die Schwägerin gefragt. Zwei der Adressen hielt sie für geeignet, und Laura fuhr hin, um sie sich anzusehen. Festlegen wollte sie sich allerdings noch nicht. Sie hatte es nicht besonders eilig, das Riva-Haus zu verlassen, denn einerseits wollte sie die Schwiegereltern nicht vor den Kopf stoßen, zum anderen würde es ihr fehlen, Jenny und ihre Familie nicht mehr um sich zu haben.

Als sie sah, dass Daniel im Garten zu tun hatte, wäre sie gern zu ihm hinuntergegangen, um mit ihm zu reden, sie hielt es aber für klüger, es nicht zu tun. Als sie jedoch auf dem Heimweg vom Supermarkt an seinem Haus vorüberfuhr und seinen kleinen grauen Kastenwagen im Hof stehen sah, konnte sie nicht widerstehen und hielt an.

Er öffnete, nachdem sie geläutet hatte, und erneut wunderte sie sich darüber, dass er bemerkt hatte, dass sie vor der Tür stand.

„Tut mir leid, Laura, ich habe nicht sehr lange Zeit", schrieb er, als sie in die Küche kamen. „Ich habe Rolf versprochen, ihm heute bei der Reparatur seines Gartenhäuschens zu helfen. Aber morgen habe ich noch einmal oben bei den Rivas zu tun, vielleicht können wir uns dann dort treffen. Ist das in Ordnung?"

„Aber ja. Ich dachte nur, wir sagen schnell mal Hallo."

Daniel lächelte. Es gefiel ihm, dass sie Dominik mit einbezog, und er beugte sich zu ihm hinunter und küsste ihn sanft auf die Wange.

„Zehn Minuten habe ich schon noch Zeit", räumte er

ein, „das reicht für eine Cola."

Sie nickte lächelnd und setzte sich mit der Babyliege auf die Eckbank.

Während er Cola und Gläser holte, griff sie nach Block und Stift, die üblicherweise auf seinem Tisch lagen.

„Da fällt mir ein, dass ich dich bezüglich deiner Klingel etwas fragen wollte", schrieb sie. „Ist es ein ganz bestimmter Ton, den du hören kannst?"

Er lachte und schüttelte den Kopf, hob den Zeigefinger, als wollte er sagen: 'Pass mal auf!' und ging vor die Haustür. Im nächsten Augenblick fing über der Küchentür ein Lämpchen an, rot zu blinken, und zwar so lange, bis er es anhand eines Schalters wieder abstellte. Nun begriff sie auch, was die Vorrichtung bedeutete, die ihr schon bei ihrem ersten Besuch aufgefallen war.

„Eine tolle Erfindung", staunte sie, und Daniel schrieb: „Not macht erfinderisch."

Er schenkte zwei Gläser Cola ein und schob eines davon zu ihr hinüber. Dabei berührte er ihre Hand, schaute sie an und lächelte.

„Wie geht es dir da oben bei den Rivas?", fragte er. „Ich hoffe, Matthias lässt dich in Ruhe."

Laura nickte. Sie hatte ihm in einer SMS kurz erzählt, wie sich die Schwiegereltern zu Matthias Verhalten geäußert hatten.

„Ich habe ihn seither nicht mehr gesehen", antwortete sie, „und ich will ihn auch nicht mehr sehen. Am Tag danach hatte ich noch Angst, wenn ich ihn gehört habe, aber ich denke, seine Eltern passen auf, dass uns nichts geschieht."

„Ich habe dir doch gesagt, dass Walter Riva ein guter

Mensch ist", schrieb Daniel. „Anderenfalls würde ich ganz sicher nicht für ihn arbeiten."

Laura nickte und nahm einen Schluck Cola. Dabei fiel ihr Blick auf das Regal, in dem die gerahmte Fotografie einer Frau stand.

„Deine Mutter?", fragte sie ihn, und er nickte.

„Darf ich...?" Sie wollte aufstehen, um sich das Foto näher anzusehen, doch er wandte sich um, nahm das Bild und reichte es ihr.

Das war sie also, die hübsche Evelyn Eriksson, von der ihr Jenny erzählt hatte. Auf dem Foto war sie sehr jung, wahrscheinlich war es noch vor Daniels Geburt aufgenommen worden. Mit ihren blonden Locken und dem sanften Lächeln glich sie einem Engel, und Laura begriff, wie Daniel zu seinem hübschen Äußeren gekommen war. Kein Wunder, dass alle Männer im Dorf in sie vernarrt und ihre Frauen eifersüchtig auf sie gewesen waren. Kein Wunder auch, dass man sich gegen eine so wunderschöne Frau nicht anders zu wehren gewußt hatte, als sie zu beschimpfen. Wie viele mochten versucht haben, sie zu besitzen, um sie dann anzufeinden und herabzuwürdigen, wenn sie von ihr abgewiesen worden waren? In Wirklichkeit hatte es nur einen gegeben, dem sie ihr Herz geschenkt hatte, doch niemand wußte, wer es gewesen war.

„Sie war wunderschön", sagte Laura, als sie ihm das Bild zurückgab. „Ist es schon lange her, dass sie gestorben ist?"

„Fünf Jahre", schrieb er. „Sie hatte einen Unfall. Und bis heute ist noch immer nicht geklärt, was damals wirklich passiert ist."

179

„Das war sicher schlimm für dich."

Er nickte und drückte mit einer Gebärde aus, *wie* schlimm es für ihn war. Doch im nächsten Augenblick lächelte er schon wieder und schrieb: „Ich bin sicher, *sie* war es, die dich zu mir geschickt hat."

Am nächsten Tag hatte Daniel noch einmal bei den Rivas im Garten zu tun, und Laura beobachtete ihn eine Weile von ihrem Fenster aus. Was war das für ein Unterschied zwischen ihm und Matthias, den beiden Männern, die in ihrem Leben eine Rolle spielten. Der eine stets korrekt und elegant gekleidet, ein erfolgreicher Anwalt, der zur Finanzelite im Umkreis von Heidelberg gehörte und davon ableitete, dass er mehr zählte, als die, die er für sich arbeiten ließ. Der andere ein hübscher liebenswerter junger Mann, der trotz seiner Behinderung sein Leben liebte und immer für andere da war.

Seufzend setzte sie sich an ihren Computer und machte sich an die Übersetzungsarbeit, die ihr von ihrem Chef in Hannover zugewiesen worden war.

Dominik lag satt und zufrieden auf seiner Steppdecke im Laufstall und schlief. Er krächzte ein wenig, und die Kügelchen im Inneren des Plastikfischs, der am Holz befestigt war, klapperten, wenn er ihn berührte.

Als das Handy leise brummend vibrierte, fand sie eine Nachricht von Daniel vor: 'Kannst du ins Gewächshaus kommen? Ich möchte dir etwas zeigen.'

Vorsichtig hob sie Dominik aus dem Laufstall, küsste ihn zärtlich und bettete ihn in seine Babyliege.

Im Gewächshaus angekommen rechnete sie damit, Daniel irgendwo herumwerkeln zu hören, doch alles war still, und er war nirgendwo zu sehen. Mißtrauisch schaute sie sich um. War sie von Theresa in eine Falle gelockt worden? Am Vormittag waren sie einander in der Halle begegnet, und Theresa hatte ihr ein spöttisches „Oh, guten Morgen, Frau Riva. Geht es Ihnen gut?" zugerufen. Laura fragte sich, ob ihr überhaupt bewußt war, was sie mit ihrem Getratsche angerichtet hatte. Oder war es genau das, was sie beabsichtigt hatte? Hatte sie vielleicht noch mehr Böses vor, um ihr und dem Kind zu schaden? Ob Mathilda ahnte, dass sich ihr unterwürfiger, dienstbarer Geist von einer stillen jungen Frau in eine intrigante Hexe verwandeln konnte?

Laura schaute sich um und sah auf dem Tisch ein Schild aus Pappe liegen, auf dem in großen schwarzen Buchstaben „Daniel" geschrieben stand. Darunter zeigte ein dicker roter Pfeil in Richtung einer Tür, die auf der Rückseite aus dem Gewächshaus hinaus ins Freie führte. Sie mußte lächeln. „Not macht erfinderisch!" fiel ihr sein Motto ein.

Draußen sah sie Daniel im Gras sitzen, an die Rückwand des Gewächshauses gelehnt.

Vorsichtig stellte sie Dominik im Schatten eines Busches ab und ließ es geschehen, dass Daniel sie am Handgelenk neben sich zog und küsste.

„Du wolltest mir etwas zeigen?", fragte sie ihn.

Er nickte und wies über die grüne Weite, die sich hier, an der äußersten Grenze des Riva'schen Anwesens, auftat. Die sanften Hügel, dazwischen Buschwerk und kleine Baumgruppen, und über allem der blaue Himmel mit den kleinen weißen Wolkenfetzen.

Er versuchte, ihr mitzuteilen, dass er diesen Platz

besonders liebte, und dass er hierher kam, wann immer ihm Zeit dafür blieb und das Wetter schön genug war.

Ja, er hatte recht, dachte Laura, es war wunderschön hier. Und ganz besonders zusammen mit ihm. Sie lehnte ihren Kopf an seine Schulter, und für einen kurzen Augenblick stellte sie sich vor, sie wären eine glückliche kleine Familie: Daniel, Dominik und sie.

Er mochte ähnlich empfinden, denn auf einmal zog er seinen Block hervor und schrieb: „Laura, ist Dominik wirklich zu früh auf die Welt gekommen? Du hast gesagt Mai oder Juni, aber...“

Ihre Blicke trafen sich, und Laura lächelte. „Nein, ich hab das gesagt, weil du nicht denken solltest...“

Er verstand. „Dann wäre es... könnte es sein...?“

„Ja.“

Er seufzte tief. „Ich wünschte, er wäre mein Sohn.“

Sie nickte. „Ja, das wünschte ich auch.“

„Das könnte man doch herausfinden.“

„Ja, durch einen Vaterschaftstest.“

„Kannst du das veranlassen?“

„Ja, das kann ich.“ Sie schaute ihn an. „Aber überleg dir, ob du es wirklich wissen willst. Stell dir vor, Matthias ist der Vater, dann wirst du traurig sein.“

„Das schon. Aber viel trauriger wäre ich, wenn *ich* es wäre und wüsste es nicht. Selbst wenn er nicht mein Kind ist, so ist er doch *dein* Kind, und deshalb werde ich ihn immer liebhaben. Verstehst du?“

„Ja, das verstehe ich.“

Laura wußte nicht, wie lange sie da draußen gesessen und die Welt um sich herum vergessen hatten.

Plötzlich hatte Daniel eine Idee. Er griff nach dem Block, der neben ihm im Gras lag und schrieb: "Heute ist wieder Tanz im Krug. Laß uns hingehen!"

Laura lachte. „Und Dominik? Nehmen wir ihn mit?"

„Vielleicht findest du einen Babysitter."

Sie überlegte. Wenn sie Sandra dazu überreden könnte, sich nach dem Abendessen in ihr Arbeitszimmer zu setzen, um *dort* fernzusehen, Musik zu hören oder zu telefonieren...

Sie zwinkerte Daniel zu. „Möglicherweise kann ich einen finden."

Seine Augen leuchteten.

„Du magst Musik, stimmt's?," fragte sie ihn. „Kannst du sie spüren?"

Er nickte. „Man spürt den Rhythmus, die Schwingungen und die Vibrationen im ganzen Körper, vor allem wenn die Musik laut ist. Manchmal bringt das sogar Gegenstände zum Schwingen, dann kann man es mit den Händen fühlen."

„Das ist schön."

Er lächelte. „Als ich dich beim Tanzen im Arm hielt, waren wir eins, und ich spürte, wie die Musik durch uns beide hindurchging. Das war unbeschreiblich, und ich würde es gern wieder erleben."

„Das wirst du", sagte Laura und küsste ihn zärtlich.

„Wie geht's dir inzwischen?", fragte Jenny, als sie die Schwägerin hereinbat. „Hast du ein bisschen Abstand gewonnen? Du solltest auf andere Gedanken kommen, irgendwas unternehmen..."

Laura nickte. „Darüber habe ich gerade nachgedacht.

Daniel meinte, wir könnten vielleicht heute Abend zusammen in den Krug tanzen gehen."

Jenny zog die Stirn kraus. „Ich weiß nicht, ob das eine so gute Idee ist", meinte sie.

„Warum denn nicht?"

„Dann wird es wirklich Gerede geben im Dorf."

„Na und? Das hat sich Matthias selbst zuzuschreiben."

„Schon. Aber die Schwiegereltern..."

„Vielleicht wird ihnen dann klar, dass es zwischen Matthias und mir nie wieder etwas werden kann. Sollten sie mich darauf ansprechen, werde ich ihnen sagen, dass ich ausziehen werde. So, oder so!"

„Dann werden sie glauben, Matthias hätte recht gehabt mit seiner Vermutung."

„Er *hat* recht gehabt, Jenny, ich habe ihn mit Daniel betrogen. Und ich habe es nicht bereut. Vor allem jetzt nicht, nachdem Matthias sein wahres Gesicht gezeigt hat. Nein Jenny, ich habe mich entschieden. Ab jetzt stehe ich zu Daniel, und es ist mir gleichgültig, was andere darüber denken."

Jenny hatte ihr zugehört und nickte langsam.

„Wahrscheinlich hast du recht. Du *musstest* dich zwischen beiden entscheiden. Also in Gottes Namen, geh in den *Krug* mit deinem Daniel. Ihr habt doch sicher noch nie miteinander getanzt."

Laura wußte nicht gleich, was sie sagen sollte, sie hatte Jenny nie erzählt, wie und wo sie Daniel kennengelernt hatte.

„Damit hat es angefangen, damals, an dem Tag, an dem ich in Wallberg angekommen bin."

„Oh" Jenny war verblüfft. „Ich dachte, ihr hättet euch

schon vorher gekannt."

„Nein. An diesem Abend sind wir uns das erste Mal begegnet. Es war... wie ein Traum, wie Magie... Ich kann es nicht beschreiben. Als hätten wir beide unser Leben lang aufeinander gewartet." Sie seufzte. „Seither ist nie wieder etwas zwischen uns gewesen. Im Gegenteil, ich habe immer versucht, ihm so gut es ging aus dem Weg zu gehen. Aber unsere Gefühle füreinander... die waren seither..., die sind immer noch..."

Jenny begriff, wie schwer die vergangenen Monate für Laura gewesen sein mussten.

„Weißt du was?", schlug sie vor, „du bringst Dominik einfach rüber zu uns. Er kann bei Sebastian im Zimmer schlafen. Und wenn er aufwachen sollte, wäre ich gleich zur Stelle. Inzwischen kennt er mich doch und weiß, dass ich die Tante Jenny bin."

„Ich möchte dir keine Umstände machen."

„Das sind doch keine Umstände. Und noch was", fügte sie mit verschwörerischem Lächeln hinzu: „Es reicht vollkommen, wenn du morgen zum Frühstück zurück bist."

„Aber..."

„Nichts 'aber'. Es ist jetzt immerhin über ein Jahr her, dass du in Wallberg angekommen bist. Ich denke, ihr habt einiges nachzuholen."

Laura nahm Jenny in die Arme. „Danke, Jenny, danke! Es mag verwerflich klingen, aber... ich nehme dein Angebot gerne an. Und ich bin überglücklich, dass du so viel Verständnis für mich hast."

Laura fuhr mit ihrem Wagen ins Dorf hinunter und stieg

dann in Daniels kleinen grauen Lieferwagen um. Sie trug das gleiche leichte Sommerkleid wie damals, ihre dunklen Locken fielen ihr bis auf die Schultern, und Daniel vergaß fast zu atmen, als er sie sah.

Die Musik klang laut über den Dorfplatz, und die Jugendlichen alberten unter dem großen Kastanienbaum herum, wie es üblich war, wenn Tanz im Krug war.

Daniel hielt vor der Gastwirtschaft und ließ Laura aussteigen, bevor er auf den Parkplatz fuhr. Er forderte sie auf, schon vorzugehen. Sie wunderte sich darüber, doch dann verstand sie.

„Wirst du mich finden?", fragte sie mit einem Lächeln, und er antwortete mit einem Zwinkern, was bedeutete: „Ganz sicher."

Auch diesmal war viel los im Saal, die Luft war geschwängert von Schweiß und Rauch. An der Decke hingen noch immer die bunten Papiergirlanden, und die Musik kam aus der alten Musikbox. Die jungen Leute tanzten, was ihnen gerade in den Sinn kam und hatten ihren Spaß dabei. - Genau wie vor einem Jahr.

Ein seltsames Gefühl überkam Laura, als sie sich an die Holzvertäfelung lehnte und den Tanzenden zuschaute. Ihr war, als hätte jemand die Zeit zurückgedreht, als wäre sie in einer anderen Welt gelandet, in einer Welt der Erinnerungen. Alles kam ihr fremd vor und doch so vertraut, als erlebe sie ein Déjà vu.

Und dann sah sie ihn, den Engel mit dem blonden Haar und den blauen Augen. Er stand auf der anderen Seite des Tanzbodens und schaute lächelnd zu ihr herüber. Ihr Herz klopfte zum Zerspringen, ein Prickeln breitete sich in ihrem Körper aus, ein Verlangen, ihn zu berühren und von ihm berührt zu werden. Als er auf sie zu kam, langsam, ohne den Blick von ihr zu wenden, wäre sie ihm am liebsten entgegengerannt, doch sie hielt sich zurück, um diesen Augenblick auszukosten. Sie trafen sich in der Mitte der Tanzfläche, er umfing sie und zog sie fest an sich, und während sie sich langsam zu der Musik bewegten, trafen sich ihre Lippen und liebkosten einander. Der Boden schien unter ihnen nachzugeben, die Konturen der Umgebung verschwammen. Sie verloren jegliches Zeitgefühl, und sie tanzten und tanzten, und es gab nur noch sie und ihn.

Jäh wurde Laura aus ihren Träumen gerissen, als ein anderes Paar sie rüde anrempelte und sie eine weibliche Stimme sagen hörte: „Früher hat man Ehebrecherinnen auf dem Dorfplatz an den Pranger gestellt."

Laura schaute nicht hin, sie kannte diese Stimme. Und so deutlich, dass sie sicher war, dass auch sie gehört wurde, sagte sie: „Und Hexen hat man verbrannt."

Sie war froh, dass Daniel nicht hören konnte, welche Worte da gefallen waren. Oder hatte er gespürt, dass jemand versuchte, ihre Harmonie zu stören? Er zog Laura noch ein wenig fester an sich, küsste sie noch zärtlicher und tanzte langsam mit ihr dem Ausgang zu. Aus den Augenwinkeln sah Laura, dass Theresa und ihr Tänzer ihnen folgten. Sie schaute Daniel an und flüsterte: „Theresa", doch auch er hatte sie längst bemerkt.

In zärtlicher Umarmung liefen sie in Richtung Parkplatz, wo der graue Kastenwagen stand.

'Diesmal gibt's nichts zu sehen, Theresa', dachte Laura, als sie einstiegen. 'Und wem auch immer du von uns erzählen wirst, es ist uns gleichgültig.'

Daniel hielt sie im Arm, während er das Auto aus dem Parkplatz lenkte. Er küsste sie und vergaß fast, auf die Straße zu achten. Ein paarmal machte der Wagen einen kleinen Schlenker, und sie lachten. Es war ja nicht weit bis zu Daniels Haus. In seiner kleinen Kammer erlebten sie dann die Erfüllung ihrer Träume, auf die sie so lange hatten warten müssen. Über Wochen, über Monate..., ein ganzes Jahr lang. Ihre Köper verlangten und dürsteten nacheinander, erkannten sich wieder, konnten kaum voneinander lassen. Und Laura wußte in diesem Augenblick, dass sich alles, was sie auf sich genommen hatte, gelohnt hatte für diesen Mann.

12.

Laura war gerade aus dem Dorf zurückgekehrt, wo sie einige Besorgungen erledigt hatte, als ihr kurz vor dem Herrenhaus der Kanzleiwagen mit Weber am Steuer entgegenkam. Er fuhr sehr zügig, und sie wunderte sich, denn es schien, als hätte Mathilda neben ihm auf dem Beifahrersitz gesessen.

Laura setzte ihr Auto auf dem Einstellplatz ab, nahm Dominik aus dem Kindersitz und betrat, die Einkaufstasche in der anderen Hand, die Halle. Dort kam ihr Jenny aufgeregt und mit besorgtem Gesicht entgegengelaufen.

„Es ist etwas Schlimmes passiert, Laura", sagte sie. „Mike hat mich vorhin angerufen, es ist irgendetwas mit Vater. Er soll während einer Besprechung zusammengebrochen sein."

„Oh mein Gott." Laura stellte die Tasche ab. „Weiß man schon Genaueres? Man hat ihn doch sicher gleich in die Klinik gebracht."

„Natürlich, er liegt auf der Intensivstation. Weber hat Mutter gerade abgeholt"

„Ich habe ihn gesehen und mich gewundert. Hat sich Vater denn aufregen müssen? Hat es Ärger gegeben in der Kanzlei?"

Jenny schüttelte den Kopf. „Mike sagte, es sei alles in Ordnung gewesen, es hätte nicht mehr und nicht weniger Hektik gegeben, als sonst auch."

„Oh mein Gott", wiederholte Laura noch einmal. Sie

mochte den Schwiegervater und hoffte, dass es nicht wirklich schlimm um ihn stand.

„Mike meinte, es könnte ein Herzinfarkt gewesen sein. Oder ein Schlaganfall. Er hat versprochen, mich auf dem Laufenden zu halten. - Komm mit rüber, wir machen uns einen Kaffee. Wir können doch eh' jetzt nichts anderes tun.“

Laura folgte ihr. Sie machte sich Gedanken darüber, ob nicht vielleicht das Theater zwischen ihr und Matthias der Auslöser gewesen sein könnte.

„Glaubst du, die Sache mit Matthias und mir...?“

„Aber nein, Laura. Und wenn, dann sollte sich eher Matthias seine Gedanken darüber machen.“

Zwei Stunden später rief Michael erneut an. Man wußte noch immer nichts Genaues, doch Walter Riva schien es schlechter zu gehen, als man zuerst geglaubt hatte. Mathilda sowie Michael und Matthias waren bei ihm in der Klinik. Michael hatte nur kurz das Krankenzimmer verlassen, um die beiden Frauen zu Hause über den Stand der Dinge zu unterrichten.

Laura und Jenny waren aufrichtig besorgt um den alten Mann. Sie konnten sich auf nichts konzentrieren, und ihnen blieb nichts anderes übrig, als zu warten und auf positivere Nachrichten zu hoffen.

Die kamen jedoch nicht.

Abends gegen elf Uhr, die Kleinen waren längst zu Bett gebracht worden, rief Michael noch einmal an: Walter Riva war gestorben. Die beiden Schwägerinnen weinten. Als besonders schlimm empfanden sie es, dass es so plötzlich und so schnell gegangen war. Sie hatten sich weder darauf vorbereiten, geschweige denn Abschied von ihm nehmen können. Nie zuvor war er ernsthaft krank gewesen, der Hausherr von Riva, der große starke Mann, der das Schicksal der Familie mit Güte und Umsicht in Händen gehalten hatte, voller Energie und Tatkraft. Es war schwer, zu begreifen, dass er nun für immer die Augen geschlossen hatte, und man konnte sich das Leben im Herrenhaus ohne ihn kaum vorstellen.

Drei Tage später wurde er auf dem Dorffriedhof von Wallberg beigesetzt. Er hatte es so gewollt, hatte bereits im Voraus festgelegt, dass auch er, wie schon seine Vorfahren, nach seinem Tod dem kleinen Dorf treu bleiben würde. Das Grabmal der Rivas war nahezu zweihundert Jahre alt, aus schwarzem Basalt, mit einer Tafel, auf der in goldenen Buchstaben die Namen derer verzeichnet waren, die ihm vorangegangen waren. Davor stand ein Engel mit ausgebreiteten Flügeln, der eine Taube in der ausgestreckten Hand hielt.

Fast das ganze Dorf war gekommen, um Abschied zu nehmen. Obwohl man seit jeher wenig Kontakt zu den Rivas gehabt hatte, da sie kaum am Dorfleben teilgenommen hatten, hatten die Bewohner den alten Herren doch gemocht, weil er sich stets freundlich und menschlich gegeben hatte, wenn man nicht umhin-gekommen war, - aus welchen Gründen auch immer, - mit ihm zu tun zu haben.

Mathilda wirkte schmal und zerbrechlich. Sie wurde von ihren Söhnen gestützt, als sie leise weinend am offenen Grab stand. Laura, Jenny und Sandra folgten ihnen und gaben dem Familienoberhaupt je eine rote Rose mit auf den Weg.

Sandras Gesicht war weiß und wächsern, es war die

erste Beerdigung die sie miterleben mußte. Sie hatte den Groß-vater gerngehabt, weil er, im Gegensatz zur Großmutter, die stets eine gewisse Kühle ausstrahlte, im Umgang mit seinen Enkeln immer liebevoll war und oft auch sehr lustig hatte sein können.

Ein bisschen abseits von den Familienangehörigen stand Daniel. Laura wußte, wie traurig er war und dass er fürchtete, seine Dienste bei den Rivas könnten nicht mehr gefragt sein, wenn von nun an Matthias, als der älteste Sohn, das Zepter in die Hand nehmen würde. Doch er hoffte, dass sich Mathilda, die seine Arbeit immer zu schätzen gewußt hatte, durchsetzen würde und, was den Garten betraf, auch weiterhin nicht auf ihn verzichten wollte. Laura hatte am Abend zuvor lange mit ihm zusammengesessen und geredet, und sie hatten Pläne für eine gemeinsame Zukunft geschmiedet. Er hatte vor, das Haus wieder für sich zu nutzen und es so umzubauen, dass Laura und Dominik bei ihm einziehen konnten.

Am Morgen war dann auch das Ergebnis des Vaterschaftstestes gekommen, und nun stand es endgültig fest: Dominik war sein Sohn. Eigentlich hatten sie diese Nachricht feiern wollen, doch unter den gegebenen Umständen war ihnen nicht nach Feiern zumute gewesen. Doch sie würden es nachholen, irgendwann.

Nach der Beerdigung fand sich die Familie mit einigen geladenen Trauergästen im Speisesaal ein. Matthias saß neben seine Mutter, der Platz an der Stirnseite der Tafel blieb leer. Laura hatte sich zu Jenny und Michael gesetzt. Aus den Augenwinkeln beobachtete sie Matthias. Seit besagtem Abend, an dem er sie fortgeschickt hatte, waren sie sich aus dem Weg gegangen und hatten sich nicht mehr gesehen. Außer der Trauer in seinen Augen lag eine eigenartige Verbissenheit in seinem Gesicht. Er war schmaler geworden, die Lippen dünn und fest aufeinandergepreßt. Er sah weder nach rechts noch nach links, und wenn jemand das Wort an ihn richtete, schaute er kaum auf. Trotz des Zornes, den sie noch immer für ihn empfand, hatte Laura auch Mitleid mit ihm. Er war der Thronerbe des Riva'schen Besitzes, hatte nun die Verantwortung für das Haus und die Kanzlei, und das mußte wie eine Zentnerlast auf seinen Schultern ruhen. Sie wußte, dass eine verständnisvolle Partnerin an seiner Seite jetzt eine große Hilfe für ihn gewesen wäre, doch dass er allein war, hatte er sich selbst zuzuschreiben.

Es hatte Zeiten gegeben, da wäre sie für ihn durchs Feuer gegangen, hätte für ihn allen Unbill auf sich genommen, - trotz der Liebe, die sie schon damals für Daniel empfand. Doch er hatte sie nicht gewollt, hatte sie mitsamt dem Kind verdammt, ohne zu wissen, ob es tatsächlich einen Grund dafür gab oder nicht. Sie rechnete sogar damit, dass er sie und Dominik nun, da sein Vater nicht mehr am Leben war, tatsächlich des Hauses verweisen würde. Sie presste die Lippen fest aufeinander. Sollte er! Ihre Tage im Riva-Haus waren eh' gezählt.

Laura zog sich früh von der Trauergesellschaft zurück, holte Dominik, der zusammen mit Sebastian von einer von Jennys Freundinnen aus dem Dorf betreut worden war und fuhr mit ihm zu Daniel. Es war eine traurige Nacht, und sie hielten sich einfach nur in den Armen.

Der Notar Dr. Wissmann, ein Kollege und Freund des Verstorbenen, war zur Testamentseröffnung ins Riva-Haus gekommen und hatte die Familie in das Konferenzzimmer bestellt. Er war ein kleiner schmaler Mann, grauhaarig, und um einige Jahre jünger, als es Riva gewesen war. Mit trauriger Miene hatte er Mathilda bei ihrem Eintreten die Hand geschüttelt.

Laura wartete, bis alle einen Platz gefunden hatten und setzte sich dann etwas abseits. Keinesfalls wollte sie neben Matthias sitzen.

Sie, wie vielleicht auch die übrigen Familienmitglieder, wunderte sich darüber, dass auch Daniel einbestellt worden war. Sie vermutete, dass ihm Walter Riva für seine langjährigen treuen Dienste eine kleine finanzielle Anerkennung vermachen wollte. Doch wo war dann Theresa? Oder Weber und Leni, die Köchin? Sollten sie leer ausgehen? Noch mehr verwunderte es die Anwesenden, dass die junge Frau an Dr. Wissmanns Seite nicht seine Assistentin war, sondern eine Übersetzerin für die Gebärdensprache.

Der Notar räusperte sich, überblickte die kleine Runde über seine Brille hinweg und begann dann mit den Worten: „Meine liebe Familie Riva, seien Sie meiner tiefsten Anteilnahme am Dahingehen Ihres geliebten Ehemannes, Vaters und Schwiegervaters gewiss."

Er hielt ein Papier in den Händen, das nicht so aussah, wie man sich ein amtliches Testament vorstellte. Es war ein von Hand geschriebener Brief.

„Mein langjähriger Freund Walter Riva hat mich für den Fall seines Ablebens damit beauftragt, Ihnen seine letzten Wünsche zu übermitteln", begann er schließlich. „Zu diesem Zweck hat er einen Brief an Sie verfasst, den ich Ihnen nun verlesen werde. In diesem Brief teilt er Ihnen im Grunde dasselbe mit, was auch im amtlichen Testament steht, er war jedoch der Meinung, dass es für diejenigen, die im Amtsdeutsch nicht oder nur wenig bewandert sind, einfacher wäre, wenn er ihnen mit seinen eigenen Worten erklärte, was ihm wichtig schien.

Natürlich steht jedem von Ihnen auch eine Abschrift des amtlichen Testaments zur Verfügung."

Er räusperte sich noch einmal, rückte seine Brille zurecht und begann, den Inhalt des Schreibens vorzulesen:

„Meine Lieben!

Ich habe meinen Freund Dr. Wissmann damit beauftragt, Euch meine Wünsche bezüglich meiner Hinterlassenschaften mitzuteilen.

Obwohl in meinem amtlichen Testament alle Punkte notariell geregelt sind, gibt es einiges, was ich Euch vorab mitteilen und erklären möchte.

Im Wesentlichen geht es mir um drei Punkte: Die Kanzlei, das Haus und mein privates Vermögen.

Was die Kanzlei betrifft, so lege ich die Leitung vertrauensvoll in die Hände meines ältesten Sohnes Matthias, der auch bisher schon die Funktion meines Stellvertreters innehatte. Ich bin sicher, dass er sie in meinem Namen und nach Recht und Gesetz weiterführen wird. Mein Sohn Michael soll ihm, sofern er keine anderen Pläne hat, zur Seite stehen und ihn weiterhin unter-stützen.

Was das Haus Riva betrifft habe ich es mit allen Rechten

und Pflichten meiner lieben Frau Mathilda überschrieben. Sie ist mit der Führung eines solchen Anwesens bestens vertraut, da sie schon vor Jahren die Verwaltung übernommen hat."

Dr. Wissmann machte eine kleine Pause und räusperte sich erneut, dann fuhr er fort:

„Mit dem folgenden Kapitel werde ich für ein bisschen Furore unter Euch sorgen, weil es verschiedene Dinge gegeben hat, die ich aus guten Gründen bisher verschwiegen habe. Ich bitte Euch, auch diesbezüglich meine Wünsche zu respektieren und, trotz der neuen Gegebenheiten, friedlich miteinander umzugehen."

Der Notar zögerte einen Augenblick, bevor er weitersprach:

„Aus meinem Vermögen sollen meine drei leiblichen Söhne zu gleichen Teilen bedacht werden."

Laura warf Jenny und Michael einen schnellen fragenden Blick zu, doch auch sie schienen keine Ahnung zu haben, wie Dr. Wissmann fortfahren würde.

„1. Matthias Riva, geb. am 1.2.1980 in Wallberg. - Sohn der Evelyn Eriksson."

Laura hielt den Atem an.

„2. Daniel Eriksson, geb. am 17.3.1982 in Wallberg. - Sohn der Evelyn Eriksson."

Laura sah, wie Daniel schluckte.

„Sowie 3. Michael Riva, geb. 26.10.1984 in Heidelberg. - Sohn der Mathilda Riva, geb. Schober."

Danach herrschte Totenstille, man hätte eine Nadel zu Boden fallen hören.

Dr. Wissmann hielt inne, hob den Kopf und blickte in die

Runde. Er schien die schockierende Wirkung auf diese Nachrichten erwartet zu haben. Aus Matthias' Gesicht war alle Farbe gewichen. Mathilda hatte die Hand auf seinen Arm gelegt, ihr war anzusehen, dass sie den Inhalt des Testaments längst gekannt hatte.

Jenny und Michael sahen einander nur an, während Daniel den Mann anstarrte, als sei er überzeugt davon, dass der Gebärden-Übersetzerin ein Fehler unterlaufen sein mußte. Laura schaute zu ihm hinüber und begegnete seinem Blick. Er war fassungslos. Sie konnte nicht umhin, sich für ihn zu freuen, obwohl sie auch begriff, was diese Eröffnung für Matthias bedeuten mußte, denn er stieß Mathildas Hand zu Seite, stand auf und verließ den Raum.

Mathilda entschuldigte sich kurz bei Dr. Wissmann und folgte ihm.

Der Notar seufzte tief. „Es tut mir sehr leid, dass das Testament eine gewisse Aufruhr ausgelöst hat", meinte er. „Ich erfülle lediglich den Wunsch meines Freundes. Er wollte, wie er mir sagte, zumindest nach seinem Tod die Familienangelegenheiten geklärt wissen."

Jenny schaute sich nach Laura um, die, wie alle anderen auch, nicht wußte, wie sie reagieren sollte.

Nach einer Viertelstunde kam Mathilda zurück.

„Entschuldigen Sie bitte, Herr Dr. Wissmann. Wie Sie sich vorstellen können, geht es Matthias im Augenblick nicht besonders gut."

Der alte Mann nickte und hob hilflos die Schultern.

„Ich werde nun mit dem Verlesen des Briefes fortfahren", sagte er, „obwohl nun nicht mehr viel vorzulesen bleibt."

Laura fiel es schwer, zuzuhören, obwohl es nun um

bestimmte Geldbeträge ging, die Riva für seine Enkelkinder angelegt hatte. Auch für Dominik.

Danach ging die kleine Gruppe auseinander. Die Gebärdenübersetzerin verabschiedete sich von Daniel, Dr. Wissmann folgte Mathilda in ihren Salon. Laura ging zu dem noch immer fassungslosen Daniel hinüber, der gerade einen Vater gefunden und gleich wieder verloren hatte. Etwas hilflos stand er mitten im Raum und wußte nicht, ob er lachen oder weinen sollte.

Jenny kam auf die beiden zu. „Kommt ihr mit rüber zu uns? Sicher gibt es noch viel zu reden."

Laura schüttelte den Kopf, sie wollte Daniel jetzt nicht allein lassen. Doch Jenny legte die Hand auf seinen Arm und lächelte. "Du natürlich auch, Daniel."

„Wir haben es irgendwie geahnt", meinte Michael später, als sie im Wohnzimmer im Südflügel beieinandersaßen. „Die Sache mit Daniel, meine ich. Aber dass Matthias... Darauf wäre ich nie gekommen. Wir glaubten immer, Elisabeth, Vaters erste Frau, sei seine Mutter gewesen."

„Das muß ihn getroffen haben, wie ein Schlag." Jenny schüttelte den Kopf. „Daniel, der Kretin, den er so tief verachtet hat ist sein Bruder und die blonde Hure, - entschuldige Daniel, - war seine eigene Mutter. Ich gehe mal davon aus, dass seine schöne heile Welt nun total zusammengebrochen ist."

Daniel machte ein bedrücktes Gesicht. Mit einigen Gebärden ließ er Jenny wissen: „Ich kann nichts dafür."

Sie steichelte seine Hand. "Ich weiß, dass du nichts dafürkannst, Daniel. Mach dir keine Gedanken darüber."

„Aber warum hat Vater so lange ein Geheimnis daraus

gemacht. Wäre es nicht einfacher gewesen, die beiden wären wie Brüder aufgewachsen?", fasste Laura ihre Gedanken in Worte.

„Er wird seine Gründe dafür gehabt haben, auch wenn wir sie nicht kennen. Und vielleicht auch nicht verstehen würden."

Matthias schenkte sich erneut einen Whisky ein. Er begann die Wirkung des Alkohols zu spüren, ohne jedoch betrunken zu sein. Mein Gott, warum war sein Leben so in Unordnung geraten? fragte er sich. Wie glücklich war er mit Laura gewesen, als sie zu ihm ins Riva-Haus gekommen war. Wie glücklich, als sie schwanger war und ihm im März einen Sohn zur Welt gebracht hatte. Er liebte sie. Ja, er liebte sie noch immer über alles, und er wünschte, er könnte die Zeit zurückdrehen. Bis zu dem Punkt, an dem in seinem Innersten der Zweifel zu nagen begonnen hatte. War es Eifersucht gewesen, dass Theresa ihm Dinge erzählt hat, von denen er noch immer nicht wußte, ob sie der Wahrheit entsprachen oder nicht? Er verfluchte jene Nacht, die mehr als zehn Jahre zurücklag, in der er im Alkoholrausch mit ihr geschlafen hatte. Sie hatten die Mädchen in einer Bar getroffen, und jeder seiner Freunde hatte sich eines der Mädchen genommen, da wollte er keinesfalls als prüder Spielverderber gelten. Der Grund dafür, dass er sich für Theresa entschieden hatte, war nicht etwa der, dass er Lust auf sie gehabt hätte. Oh nein, schließlich war sie ja nicht einmal besonders hübsch. Aber er hatte ihr zeigen wollen, dass er mit ihr tun und lassen konnte, was er wollte. Er war ein Riva, sie nur eine billige Dienstmagd. Hatten nicht schon vor hunderten von Jahren die Herren das Recht gehabt, sich zu nehmen, was ihnen gehörte? Er hatte sie genommen, hart und rücksichtslos, weil es ihm zustand, weil sie ein Nichts war. Ein kleines erbärmliches Nichts.

Doch Theresa hatte das nicht verstanden. Seither hatte sie immer wieder versucht, ihn unter Druck zu setzen, zu verfolgen, ihn in unangenehme Situationen zu bringen. Verdammt noch mal, was glaubte sie eigentlich, wer sie war? Hoffte sie nach all den Jahren noch immer darauf, er könnte sich in sie verlieben? Sie zur Herrin von Riva machen? - Er lachte spöttisch. Wenn es nach ihm gegangen wäre, hätte er sie längst entlassen, dann hätte sie niemals einen Keil zwischen ihn und Laura treiben können. Doch seine Eltern ahnten nichts von dem, was damals geschehen war, und er mußte froh sein, wenn Theresa auch weiterhin schwieg.

Er trank sein Glas leer und schaute sich im Zimmer um. Laura gehörte hierher, an seine Seite. Ihre Möbel, ihr Sideboard, der Bücherschrank... Sie erinnerten ihn an ihre kleine gemütliche Wohnung in Hannover, wo sie so viele glückliche Stunden zusammen verbracht hatten. Er dachte an die gemeinsamem Urlaubsreisen, an die Nächte voller Liebe und Zärtlichkeit, erinnerte sich an die bewundernden Blicke der Männer am Strand oder an der Bar. Blicke, die ihn rasend eifersüchtig gemacht, die ihn aber auch mit Stolz erfüllt hatten, weil diese schöne Frau *ihm* gehörte.

Er bedeckte sein Gesicht mit den Händen. Mein Gott, er hatte alles kaputtgemacht, weil er Theresa geglaubt hatte. Hatte sie Laura und den Kretin wirklich gesehen, oder hatte sie das nur behauptet, um sein Glück endgültig zu zerstören? - Doch da gab es noch dieses verfluchte Muttermal! - Er stutzte. Halt, sagte er sich, - und plötzlich stand die Wahrheit ganz deutlich vor ihm. Wenn Evelyn Eriksson tatsächlich seine Mutter gewesen war, war es dann nicht logisch, dass er ein Muttermal an seinen Sohn vererben konnte, ohne selbst eines zu haben? So etwas übersprang manchmal eine Generation. - Oh mein Gott, wie unrecht hatte er Laura getan. Er hatte sie hinausgeworfen wie eine räudige Hündin, nur weil er den Gedanken nicht ertragen konnte, sie hätte sich dem Kretin hingegeben. Dem Kretin, der sein Bruder war.

Er ballte die Fäuste. Wie konnte sein alter Herr nur so dumm gewesen sein, sich mit dieser Hure einzulassen. Womöglich war er nicht einmal wirklich sein Vater gewesen, sondern einer ihrer Freier, und sie hatte ihm ihre Kinder nur untergejubelt. War ihr unterschiedliches Aussehen nicht Beweis genug? Zum Glück hatte Riva ihn zu sich genommen und aufgezogen, hatte ihm ermöglicht, in einer anständigen Umgebung aufzuwachsen und etwas aus sich zu machen.

Er lehnte sich zurück, streckte die Beine aus und seufzte tief. Mein Gott, was war das für ein beschissenes Leben! Das einzige, was er in seiner Situation jetzt tun konnte, war, Laura um Verzeihung zu bitten. Sie mußte zu ihm zurückkehren, nun, da er eingesehen hatte, dass sein Verhalten ihr gegenüber völlig grundlos gewesen war. Fortan wollte er immer und ewig für sie und das Kind da sein, das würde er ihr schwören. Mit all seiner Liebe wollte er sie überschütten.

Er mußte unbedingt mir ihr reden.

Matthias hatte Laura nach Hause kommen hören. Eine Weile hatte der Kleine geweint, und er stellte sich vor, wie sie ihn in ihren Armen hin- und hertrug, bis er sich beruhigt hatte. Dann war es wieder ganz still. Er wartete noch ein paar Minuten, dann ging er hinüber zu Lauras Arbeitszimmer. Vor der Tür blieb er stehen und lauschte, das Klappern der Tastatur ihres Computers war zu hören. Er hob die Hand, um zu klopfen, zog sie aber noch einmal zurück. Sein Puls ging schneller. Er hatte sich zurechtgelegt, was er ihr sagen wollte. - Was aber wäre, wenn sie ihm gar nicht öffnen würde? - Nein, nein, sie konnte ihn nicht einfach stehenlassen, er wollte doch nur mit ihr reden.

Schließlich fasste er sich ein Herz und klopfte an ihre Tür. Laut und deutlich.

Die Tastatur verstummte. "Wer ist da?" hörte er Laura fragen.

„Ich bin's, Laura. Matthias. Ich möchte mit dir reden.“

„Da gibt es nichts mehr zu reden“, war ihre Antwort.

Vorsichtig drückte er die Klinke hinunter. Die Tür war verschlossen.

„Bitte, mach auf. Nur ein paar Minuten.“

„Was willst du? Worüber willst du noch reden?“

„Du kannst nicht wollen, dass ich dir hier draußen auf dem Flur sage, was ich dir sagen möchte.“

„Komm morgen wieder. Ich möchte, dass jemand dabei ist.“

Sei nicht albern, das geht doch niemanden etwas an.“

Es fiel ihm schwer, sich ruhig zu verhalten und seine Stimme im Zaum zu halten. „Komm, sei vernünftig und öffne die Tür.“

„Versprich mir, dass ich keine Angst haben muß."

„Aber ja, vor mir brauchst du doch keine Angst zu haben. Ich möchte mich nur bei dir entschuldigen."

„Gut, das hast du hiermit getan."

„Nein, bitte! Komm, mach auf. Ich bin auch gleich wieder weg."

Laura wußte nicht, was sie tun sollte. Unsicher griff sie nach dem Schlüssel, schloss auf und öffnete die Tür einen Spaltbreit.

Er vermied es, den Fuß auf die Schwelle zu setzen, obwohl er es gern getan hätte. „Darf ich reinkommen?"

Sie trat einen Schritt zurück und ließ ihn eintreten.

„Also, was willst du?"

„Laura, ich weiß, dass es unverzeihlich war, dich und das Kind wegzuschicken. Nur auf einen bloßen Verdacht hin."

„Du hättest mit mir reden können. Du hättest sagen können: 'Ich habe was gehört, ist da was dran?' Aber nein, wie von Sinnen bist du hereingekommen, hast mich gezwungen, Dominik aus dem Schlaf zu reißen, hast mich eine Hure genannt und fortgejagt wie Gesindel. Es war dir gleichgültig, wo wir die Nacht verbringen würden. Im Auto, auf der Straße, in einem Zimmer im Krug... Es hat dich überhaupt nicht interessiert."

Er hatte den Kopf gesenkt. „Ich war so unglücklich, Laura, so eifersüchtig. Aber doch nur, weil ich dich liebe." Er hob den Kopf wieder und schaute sie beschwörend an. „Weil ich dich über alles liebe."

Sie lachte bitter. „Ist das deine Vorstellung von Liebe? Jagt man jemanden zum Teufel, den man über alles liebt?"

„Bitte, Laura, verzeih mir. Laß uns noch einmal von vorn

anfangen. Wir waren doch so glücklich miteinander, wir haben so viel Schönes miteinander erlebt."

„Nein, Matthias, das hätte keinen Sinn. Ich könnte dir nie wieder glauben und vertrauen. Immer müsste ich Angst haben, du könntest die Beherrschung verlieren, sobald dir etwas an mir nicht passt. Tut mir leid, Matthias, einen solchen Mann kann ich nicht lieben."

„Aber du bist doch ins Riva-Haus gekommen, *weil* du mich liebst."

„Das war ein anderer Matthias, den ich in Hannover kennengelernt und in den ich mich verliebt habe", sagte sie leise. „Ein ganz anderer. Aber wie es aussieht, habe ich den für immer verloren."

„Das ist nicht wahr. Ich habe eingesehen, dass ich dir und dem Kind unrecht getan habe. Das wird nie wieder vorkommen, das schwöre ich dir. Ich weiß jetzt, dass ich Dominik das Muttermal auf seiner Schulter selbst vererbt habe. Ich habe ja nicht gewußt, dass ich diese Gene in mir trage. Aber ja, nun weiß ich es: Er ist mein Sohn..."

Sie schaute ihm offen ins Gesicht, sie mußte ihm die Wahrheit sagen. „Nein, Matthias, das ist er nicht. Er ist der Sohn deines Bruders. Ich hätte es dir gesagt, wenn du mit mir geredet hättest, und wir hätten gemeinsam eine Lösung finden können. Aber nun ist es zu spät."

Matthias starrte sie an, ließ die Hände sinken, die er nach ihr ausgestreckt hatte. Er schien ihre Worte kaum zu begreifen. Diese Situation machte sich Laura zunutze, sie schob ihn heftig auf den Flur zurück, drückte die Tür hinter ihm zu und drehte den Schlüssel um. Vollkommen aufgewühlt lehnte sie die Stirn gegen das Holz und weinte.

Matthias schien langsam wieder zu sich zu kommen. „Nein!", schrie er plötzlich auf. „Nein! Ich habe mich also nicht getäuscht." Heftig schlug er mit den Fäusten an die Tür, sodass Laura auf der anderen Seite zusammenzuckte. „Ich habe gewußt, dass du eine Hure bist. Genau wie sie. Oh mein Gott, was habe ich getan, dass ich das ertragen muß."

Er schrie und tobte und trat mit dem Fuß gegen die Tür, heulte, wie ein getretenes Tier.

Lauras Herz klopfte zum Zerspringen. Sie zitterte am ganzen Körper und hatte Angst, er könnte die Tür eintreten oder eine andere Möglichkeit finden, sie zu öffnen. Doch kurz darauf hörte sie jemanden auf ihn einreden. Sie er kannte Mathildas Stimme, wie sie leise und eindringlich mit ihm sprach und ihn schließlich dazu bewegen konnte, seinen Posten vor Lauras Tür zu verlassen.

Dennoch schob Laura einen Sessel vor die Tür und verbarrikadierte die im Kinderzimmer mit der Wickelkommode. Und die ganze Nacht über machte sie kein Auge zu.

Sie hätte jedoch keine Angst mehr zu haben brauchen, denn Mathilda hatte voller Sorge Dr. Kohlmeier, den Hausarzt der Familie angerufen, der Matthias ein Medikament verabreichte, das ihn wieder zur Ruhe kommen lassen sollte.

Am nächsten Morgen fuhr ihn Weber in eine Klinik in Heidelberg, und Mathilda begleitete ihn dorthin. Sie war sich der Tatsache wohl bewußt, dass es nicht nur die Auseinandersetzung mit Laura und deren Geständnis gewesen war, was ihm den Boden unter den Füßen weggezogen hatte. Es war das Geheimnis seiner Geburt gewesen. Walter war überzeugt davon gewesen, es könnte manchmal besser sein, von bestimmten Dingen keine Kenntnis zu haben. Sie allerdings war da ganz anderer Meinung, sie glaubte, dass man schon viel früher mit Matthias darüber hätte reden müssen.

13.

Daniel hatte beschlossen, jetzt, da er bald keine Geldsorgen mehr haben würde, den geplanten Umbau des Hauses, das schon seiner Mutter gehört hatte, aufzugeben und sich nach einem neuen Domizil für sich, Laura und Dominik umzusehen. Am äußersten Rand von Wallberg, gleich hinter dem Supermarkt, war ein neues Viertel entstanden. Immer wieder kam es vor, dass einer der Bauherren in finanzielle Schwierigkeiten geriet und seinen Neubau nach Fertigstellung verkaufen mußte. Daniel hatte das Glück, ein solches Haus zu finden. Es gefiel ihm, und als er Laura mitnahm, um es ihr zu zeigen, war auch sie ganz angetan davon. Um das Haus herum war genügend Platz, um einen Garten anzulegen. Das war sein Metier, und er freute sich darauf, ein kleines Paradies für seine kleine Familie zu schaffen.

Über die Scheidung hatte Laura bereits mit Michael gesprochen, und er hatte ihr eine befreundete Kanzlei empfohlen und vorerst alles in die Wege geleitet, was notwendig war. Sie wollte das Riva-Haus so schnell wie möglich verlassen.

Die meisten ihrer Bürounterlagen hatte sie schon in Kartons verpackt und zur Abholung bereitgestellt, die ausgeräumten Möbelstücke, die sie aus Hannover mitgebracht hatte, hatte Daniel mit Rolfs Hilfe bereits im neuen Haus deponiert.

Jenny sah ihr beim Packen zu. Sie war traurig, dass die Schwägerin, die ihr längst eine Freundin geworden war, so schnell wieder gehen mußte.

„Zum Glück bist du ja nicht weit fort, wir werden uns auch weiterhin regelmäßig treffen", sagte sie zuversichtlich, „aber das Riva-Haus wird ohne dich nicht mehr dasselbe sein."

Auch Laura wurde schwer ums Herz, wenn sie daran dachte, dass sie das stolze Herrenhaus nun bald für immer verlassen würde. Inzwischen hatte sie es mit all seinen Flügeln, Treppen und Säulen, und vor allem mit seinem wunderschönen Garten liebgewonnen, schließlich war es kein schlechtes Leben gewesen, das sie hier geführt hatte.

„Wenn Matthias zurück ist, werde ich wohl nicht mehr herkommen, ich möchte ihm am liebsten nie mehr begegnen."

Jenny nickte. „Ja, das verstehe ich."

„Wie geht es ihm eigentlich? Ich hätte ihm vielleicht gar nicht die Wahrheit über Dominik sagen sollen. Es hätte gereicht, den neuen Anfang, den er sich vorgestellt hat, abzulehnen und ihm zu sagen, dass ich ihn nicht mehr liebe."

Jenny nickte wieder. „Ja, es war wohl alles ein bisschen viel auf einmal für ihn." Sie steichelte Lauras Arm. „Es ist allerdings nicht allein deine Schuld, dass es so gekommen ist, wie es ist, Laura. Hätte Vater kein Geheimnis daraus gemacht, dass Evelyn Eriksson auch Matthias' Mutter war, hätte sich vielleicht eine ganz andere Beziehung zwischen Daniel und ihm entwickeln können."

„Möglicherweise." Laura seufzte.

„Allerdings", fuhr Jenny fort, "auch Mike hat nicht gewußt, dass Daniel sein Bruder ist, - zumindest sein Halbbruder, - und trotzdem hat er ihn gemocht und ist immer gut mit ihm ausgekommen. Er ist einfach ein ganz anderer Mensch als Matthias. Er hat den Leuten im Dorf nie das Gefühl gegeben, er sei etwas Besseres als sie, nur weil er ein Riva ist."

Jenny war noch nicht lange fort, als Lauras Handy klingelte. Sie glaubte, die Schwägerin hätte etwas vergessen, doch es war Mathilda.
„Laura, ich würde gern noch einmal mit dir reden. Hast du ein bisschen Zeit für mich?"
„Ja, natürlich."
Laura hatte ein unangenehmes Gefühl, sie glaubte, die Schwiegermutter könnte ihr Vorwürfe machen, ihr die Schuld geben an Matthias' schlechter Verfassung, da nun auch sie wußte, dass sie ihn betrogen hatte und Dominik nicht sein Sohn war. Doch Mathildas Stimme klang weder vorwurfsvoll noch unfreundlich.
„Jetzt gleich?", fragte Laura ins Telefon.
„Ja, bitte, jetzt gleich, wenn es dir recht ist. Wir könnten zusammen einen Tee trinken."
„Ja, gern."
Laura wunderte sich, und noch während sie überlegte, ob sie Jenny anrufen und sie bitten sollte, ihr Dominik abzunehmen, solange sie bei Mathilda war, meldete sich die Schwiegermutter noch einmal.
„Laura, bitte bring Dominik mit." Und fast glaubte sie, einen zärtlichen Unterton herauszuhören.
„Ja, sicher, das mach ich."

Nachdem sie das Gespräch beendet hatte, blieb sie noch eine Weile verwundert und nachdenklich mitten im Zimmer stehen, dann nahm sie Dominik auf den Arm und machte sich auf den Weg zu Mathildas Salon.

Die Schwiegermutter empfing sie sehr freundlich, und mit einem Lächeln fuhr sie Dominik liebevoll über die Wange. „Lege ihn hierher auf die Couch, dann kann ich ihn beobachten", schlug sie vor. "Zwischen all den Kissen kann ihm nichts passieren. Nicht wahr, kleiner Mann?"

Laura hatte verschiedene Spielsachen mitgenommen und hoffte, er würde brav sein und der Großmutter keinen Grund geben, sich über ihn zu ärgern.

Mathilda hatte den Tisch hübsch decken lassen, und kurz darauf kam Theresa herein und schenkte mit unbewegter Miene Tee ein.

Laura gab sich betont freundlich. „Oh, vielen Dank, Theresa." Obwohl sie sie am liebsten gefragt hätte: 'Hast du jetzt endlich erreicht, was du erreichen wolltest?'

Lächelnd schaute sie ihr ins Gesicht und suchte ihren Blick. 'Schau mich an! Ich bin so glücklich, wie nie zuvor.'

Theresa reagierte nicht darauf, stellte die Kanne auf dem bereitstehenden Stövchen ab und schickte sich an, zu gehen.

„Theresa, wir möchten nicht mehr gestört werden", richtete Mathilda das Wort an die junge Frau. „Wir schenken uns selbst nach." Sie wies kurz auf das Handy, das griffbereit neben ihr auf dem Tisch lag. „Ich werde dich rufen, wenn ich dich wieder brauche.

„Jawohl." Theresa nickte, machte andeutungsweise eine kleine Verbeugung und zog sich zurück.

Mathilda seufzte tief. „Laura, es tut mir leid, dass dein

Aufenthalt hier im Riva-Haus anders verlaufen ist, als du es dir vorgestellt hast", begann sie und rührte in ihrer Tasse. „Ich wünschte, du wärest hier glücklich geworden."

Laura wußte nicht, was sie darauf antworten sollte.

„Ja, ich hatte es mir auch ein wenig anders vorgestellt", antwortete sie vorsichtig.

„Ich sollte dir vielleicht einiges über Matthias erzählen", fuhr die alte Dame fort.

Laura glaubte, sie würde versuchen, ihr Mitgefühl für Matthias zu wecken und wollte etwas erwidern, doch Mathilda hob die Hand. „Nein, Laura, ich will sein Verhalten nicht entschuldigen. Ich kenne ihn lange genug, um zu wissen, dass er nicht nur gute Seiten hat. Zwar ist er ein hochintelligenter Mann, und ein brillanter Anwalt obendrein. Einer der reden und überzeugen kann, der mitunter überaus charmant ist, wie du selbst weißt. Einer, der die Gabe hat, Menschen zu faszinieren und sie zu beeindrucken. Er ist aber auch eingebildet, überheblich und selbstgerecht, und so gut er es beherrscht, seine Mitmenschen um den um den kleinen Finger zu wickeln, genauso kann er sie in den Staub treten, wenn er sie für minderwertig und nichtsnutzig hält, wenn er sich ihnen gegenüber überlegen fühlt. Das war beispielsweise bei den Leuten im Dorf der Fall, mit ihnen hat er niemals etwas zu tun haben wollen. Er hielt sie allesamt für dumm und unintelligent, für ihn waren sie Tölpel und Schwachköpfe. Im Besonderen Daniel und seine Mutter. Deshalb kannst du dir vielleicht vorstellen, was in ihm vorgeht, jetzt, nachdem er erfahren hat, dass es sich bei Daniel und seiner Mutter um *seine* Familie, *seine*

Blutsverwandten handelt. Er, der er sich immer ganz oben wähnte, ist nun abgestürzt in einen tiefen dunklen Abgrund."

„Aber warum habt ihr es soweit kommen lassen, Vater und du", warf Laura ein. „Warum habt ihr ihm nicht von vornherein gesagt, woher er kommt und wer er ist."

Mathilda lächelte schwach. „Du hast ja recht. Wenn es nach mir gegangen wäre..." Sie machte eine kleine Pause. „Das ist eine lange Geschichte, mein Kind", fügte sie hinzu, „aber ich will sie dir erzählen, damit du verstehst."

Noch einmal hielt sie eine Weile inne, dann lehnte sie sich in ihrem Sessel zurück und begann:

„Vaters erste Frau Elisabeth war sehr krank. Sie war bettlägerig und brauchte rund um die Uhr Betreuung. In Heidelberg fand Vater Evelyn, ein mittelloses junges Mädchen aus Schweden, das Arbeit suchte, und er nahm sie mit ins Riva-Haus. Sie war stark schwerhörig und sprachgestört, aber sie war eine gute Seele, die sich Tag und Nacht liebevoll um Elisabeth gekümmert hat. Und sie war sehr schön. Es ergab sich wie von selbst, dass Vater und sie sich näherkamen, und Elisabeth schien das sogar noch zu fördern. Sie hatte Evelyn liebgewonnen wie eine Tochter, und sie wußte, dass sie selbst für ihren Mann nicht mehr die Frau war, die ihn glücklich machen konnte. Im Dorf bekam man nicht viel mit von Elisabeths Krankheit, und Evelyn kannte man kaum, da sie, allein wegen ihrer Sprachbehinderung, nur selten das Haus verließ. Als Matthias geboren wurde, als völlig normales gesundes Kind, beschloss Vater, ihn zumindest nach außen hin als Elisabeths Sohn auszugeben. Er nahm die Erziehung in seine Hand, und Evelyn war damit einverstanden. Durch ihre umfangreichen Pflegeaufgaben hatte sie nur wenig Zeit für das Kind. Außerdem fühlte sie sich wegen ihrer Behinderung nicht in der Lage, ihm gerecht zu werden. Sie wußte Matthias gut aufgehoben und verfolgte aus einer gewissen Distanz heraus das Heranwachsen ihres Sohnes. Für Matthias gab es während dieser Zeit Kinderfrauen und Lehrer, und er entwickelte sich zu einem gescheiten lernbegierigen Jungen."

„Aber warum hat man ihm nicht gesagt, dass Evelyn seine Mutter war. Selbst wenn sie nur wenig Zeit für ihn gehabt hatte, ein bisschen Zärtlichkeit hätte sicher beiden gutgetan", warf Laura ein.

Mathilda nickte. „Das denke ich auch, aber die beiden hatten niemals eine echte Chance, eine Beziehung zueinander aufzubauen. Matthias kannte Evelyn nur als die Pflegerin seiner Mutter, im Grunde waren sie einander Fremde.

Kurz nachdem Elisabeth gestorben war, stellte sich heraus, dass Evelyn erneut schwanger war. Vater war zwar bereit, sie zu heiraten, doch er verstand auch, dass sie sich der Aufgabe, sich um ein so großes Anwesen wie das Riva-Haus zu kümmern, nicht gewachsen fühlte. Während Elisabeths Krankheit war vieles, was die Verwaltung betraf, ins Hintertreffen geraten. Er brauchte jemanden, der ihm tatkräftig zu Seite stand, um wieder Ordnung in die betrieblichen Abläufe zu bringen. Zu diesem Zweck wurde dann ich, als ausgebildete Betriebswirtin, eingestellt. Evelyn verließ das Riva-Haus auf eigenen Wunsch, denn ihre Aufgabe, Elisabeth zu pflegen und zu betreuen, war ja beendet. Daniel, ihr zweites Kind, wollte sie dieses Mal aber nicht wieder hergeben, zumal er den Hörschaden seiner Mutter geerbt hatte. Vater kaufte ihr das kleine Haus unten im Dorf und hat sich auch weiterhin fürsorglich um sie und das Kind gekümmert." Sie seufzte tief.

„Zwei Jahre später haben Vater und ich dann geheiratet und Michael kam zur Welt. Es mag dir seltsam vorkommen, aber Vater hat Daniel immer sehr geliebt. Vielleicht sogar mehr, als seine beiden anderen Söhne. Er hat sich oft Vorwürfe gemacht, weil er ihm nicht das gleiche Leben, die gleiche Karriere bieten konnte, wie Matthias und Michael. Doch wie hätte er das machen sollen? Ein Jura-Studium wäre für ihn unmöglich gewesen. In der Kanzlei hätte er durch seine Behinderung immer nur den Laufboten und den Handlanger abgegeben und niemals hundertprozentige Anerkennung gefunden. Trotz seiner Intelligenz und seines wachen Verstandes. Und auch mit einem Leben im Riva-Haus wäre er neben seinen Brüdern niemals glücklich gewesen. Vater hat ihn gefördert, so gut er konnte. Als er gewahr wurde, dass ihn die Leute im Dorf, die Kinder in der Schule wie einen Idioten behandelten, schickte er ihn von seinem achten bis zu seinem achtzehnten Lebensjahr in ein Internat für Hör- und Sprachgeschädigte. Und...", sie schaute Laura mit einem Lächeln an, „...wie du selbst weißt, hat er sich zu einem wunderbaren jungen Mann entwickelt. Er lebt ein ganz anderes Leben, als seine Brüder, aber er liebt es, wie es ist."

Laura mußte an ihn denken, sah sein Lächeln vor sich und das Strahlen seiner blauen Augen. Ja, Mathilda hat recht, dachte sie, im Riva-Haus hätte er sich niemals wohlgefühlt.

Mathilda unterbrach sie in ihren Gedanken.

„Da gibt es noch etwas anderes, was ich dir sagen muß, Laura."

„Ja?"

Mathilda wartete einen Augenblick, bevor sie weitersprach, dann sagte sie: „Matthias ist zeugungsunfähig."

„Er ist was...?" Laura fühlte sich wie vom Schlag getroffen, und alle Farbe wich aus ihrem Gesicht.

Mathilda nickte. „Ja, so ist es. Doch er selbst weiß es nicht. Als kleiner Junge hatte er eine schwere Orchitis, eine Vireninfektion als Folge einer Mumpserkrankung. Du weißt, was Orchitis bedeutet?"

Laura war kaum fähig, ihr zu antworten, so sehr hatte sie diese Nachricht schockiert. Sie schüttelte den Kopf.

„Nein, ich..."

„Das ist eine Entzündung der Hoden", erklärte ihr Mathilda. „Die Ärzte teilten uns damals mit, dass er nie Kinder würde zeugen können. Doch wie hätten wir das einem kleinen Jungen beibringen sollen? Er hätte damals nicht verstanden, was das bedeutete. Später hielten wir es für das Beste, zu schweigen, Matthias hätte es als Makel empfunden. Da er schon immer ein Karrieremensch war, sah es lange Zeit so aus, als sei er gar nicht daran interessiert, eine Familie zu gründen. Als er uns von dir berichtete, glaubten wir, dass du diesbezüglich vielleicht genauso dachtest, wie er und auch keine Kinder wolltest. Und falls doch, so überlegten wir uns, dann würdet ihr herausfinden, woran es lag, dass es nicht klappte und euch gemeinsam um eine Lösung bemühen."

Laura fand noch immer kaum Worte. „Dann wusstet ihr also..."

„Ja, wir wussten von Anfang an, dass Matthias nicht der Vater deines Kindes sein konnte."

„Warum habt ihr nicht mit mir geredet?"

„Weil Matthias so stolz war, als er erfuhr, dass du schwanger warst. Weil er sich auf das Kind gefreut hat."

„Aber..."

„Wir glaubten, du wärst schon schwanger gewesen, als du zu uns nach Wallberg gekommen bist. Vielleicht ungewollt von einem deiner Freunde in Hannover. Wir waren überzeugt, dass es mit diesem Freund keinesfalls eine ernste Sache gewesen sein konnte, sonst hättest du dein Leben in Hannover nicht aufgegeben, um Matthias zu heiraten. Deshalb haben wir uns keine Sorgen gemacht. Wir hätten das Kind auf jeden Fall als Matthias' Sohn akzeptiert."

„Oh mein Gott", war alles, was Laura hervorbringen konnte.

„Als er damals die Beherrschung verloren und dich mit dem Kind aus dem Haus gejagt hat, glaubten wir, er habe von seiner Zeugungsunfähigkeit erfahren. Wäre das der Fall gewesen, hätte er mit Sicherheit gewußt, dass Dominik nicht sein Sohn sein konnte. Doch als wir ihn zur Rede stellten, kam etwas ganz anderes heraus. Jemand hatte seine Zweifel geschürt und versucht, ihm einzureden, Daniel sei der Vater."

„Daniel *ist* der Vater", sagte Laura leise.

Mathilda lächelte wieder. „Ja, später haben wir das herausgefunden. In jener Nacht aber wussten wir das noch nicht. Wir hatten Weber aus Sorge um dich und den

Kleinen auf die Suche geschickt, und er hat deinen Wagen vor Daniels Haus entdeckt. Das hat uns beruhigt, weil wir wussten, dass er ein überaus hilfsbereiter Mensch ist. Doch dass Dominik sein Sohn sein könnte, damit hatten wir damals nicht gerechnet.

Wir hätten sogar ein fremdes Kind als Enkel akzeptiert, wenn wir gesehen hätten, dass die Ehe zwischen dir und Matthias in Ordnung gewesen wäre. Als Matthias dann aber in seinem Zorn den Namen Daniel erwähnte, wurden wir hellhörig und sind der Sache nachgegangen. Du wirst uns verzeihen, dass wir euch eine Weile beobachtet haben." Sie lächelte schuldbewusst.

„Vater war keinesfalls ärgerlich darüber, im Gegenteil. Schließlich war auch Daniel sein Sohn und somit Dominik sein Enkel. Aber wir sorgten uns um Matthias. Wahrscheinlich hätte es diese schreckliche Nacht nie gegeben, hätte ihn nicht jemand gegen dich aufgehetzt und versucht, immer wieder Zwietracht zwischen euch zu säen. - Uns gegenüber hat er keinen Namen erwähnt. Hast du eine Ahnung, wer es gewesen sein könnte?"

Sie schaute Laura offen an.

Die überlegte, ob sie sagen sollte, was sie wußte, doch sie schwieg, weil sie Jenny nicht in diese Sache mit hineinziehen wollte. Sie schüttelte den Kopf und hob die Schultern. „Ich habe einen Verdacht, aber ich möchte niemanden beschuldigen..."

„Das brauchst du nicht, ich weiß, wer es war."

Laura sah, wie sie auf dem Handy Theresas Nummer eintippte. Kurz darauf erschien die junge Frau und blieb wartend an der Tür stehen. „Ja bitte?"

„Theresa, ich möchte, dass du dieses Haus für immer

verlässt, und zwar heute noch. Ich denke, du weißt, warum."

Theresa stand wie versteinert, sie war blass geworden. „Aber..."

Mathilda musterte sie kühl. „Deine Papiere werde ich dir nachschicken und den noch ausstehenden Lohn auf dein Konto überweisen."

Theresa stand noch immer regungslos da.

„Du kannst gehen!", sagte Mathilda mit eiskalter Stimme, und die junge Frau in dem hellblauen Kleidchen machte auf dem Absatz kehrt, verließ das Zimmer und schlug die Tür hinter sich zu.

Auch Laura war bestürzt. „Sie hat viele Jahre lang für euch gearbeitet..."

„Ja, das hat sie. Aber ich verlange vom Personal, dass es nichts sieht und nichts hört und sich nicht in Angelegenheiten mischt, die es nichts angeht."

Laura fragte sich, ob sie von Matthias' Ausrutscher mit Theresa wußte, doch sie schwieg.

„Ich werde ein anderes Mädchen im Dorf finden", sagte Mathilda. „In unserem Hause zu arbeiten ist ein guter Job, wenn man sich anständig und loyal benimmt."

Laura befürchtete, dass Theresa die Entlassung nicht einfach so hinnehmen würde, sie hatte selbst erfahren, wie gehässig die junge Frau sein konnte. Ganz sicher würde sie nun erst recht alle möglichen Geschichten im Dorf verbreiten, selbst wenn sie nicht wahr sein sollten. Doch wenn das Mathilda nicht störte, - sie, Laura störte es noch weniger. Und Daniel auch nicht, über ihn war schon genug geredet und genug Unsinn verbreitet worden, ohne dass es seine Fröhlichkeit und seine

218

Lebensfreude beeinträchtigt hätte.

Mathilda wechselte das Thema. „Ich bedauere es sehr, dass du gehen wirst," sagte sie, „aber ich denke, ich verliere dich ja nicht wirklich. Du bleibst meine Schwiegertochter, denn Daniel steht mir nicht weniger nahe, als Matthias. Hoffentlich sehe ich dich auch in Zukunft recht oft auf Riva, damit ich die Fortschritte des kleinen Dominik verfolgen kann."

Laura lächelte. „Ich danke dir, - auch für deine Offenheit. Ja, wir werden dich bestimmt ab und zu besuchen. Ich möchte auch nicht den Kontakt zu Jenny verlieren. Wir sind gute Freundinnen geworden in der Zeit, in der ich hier war."

„Ich mag sie auch", sagte Mathilda mit einem Lächeln. „Sie ist anders, als ich mir eine Schwiegertochter vorgestellt hatte, und zu Anfang hatte ich viele Vorurteile gegen sie. Aber sie hat Michael zu einem glücklichen Mann und Familienvater gemacht, und das ist wohl das Wichtigste."

Sie beugte sich über Dominik und streichelte seine Wange, was er mit einem strahlenden Lächeln quittierte.

„Als du zu uns kamst, habe ich die ideale Frau für Matthias in dir gesehen, doch auch diesbezüglich habe ich mich geirrt. Auf die Dauer wärst du an seiner Seite zerbrochen, mit ihm wärst du niemals wirklich glücklich geworden. Ich denke, Daniel passt sehr viel besser zu dir. Und ich bin sicher, er wird ein liebevoller Partner und Vater sein."

Inzwischen ging es wieder auf den Winter zu. Laura und Daniel hatten sich in ihrem neuen Heim eingerichtet und fühlten sich sehr wohl dort. Manchmal konnten sie noch immer nicht fassen, dass ihr Leben, das anfangs bei beiden ganz anders verlaufen war, eine so glückliche Wende genommen hatte. Und noch immer geschah es, dass sie inmitten ihrer alltäglichen Arbeit innehielten, sich fasziniert in die Augen schauten und dieses Prickeln spürten, dieser Nacheinander Sehnen. Das Bewusstsein, nichts zu sein ohne den anderen.

Dominik war nun ein Dreivierteljahr alt, und er gedieh prächtig. Während Daniel den Riva'schen Garten winterfest machte, hatte Laura Mathilda einen Besuch abgestattet und sich auch mit Jenny und den Kindern getroffen, um Neuigkeiten auszutauschen.

Kurz vor Weihnachten war Matthias aus der Klinik entlassen worden. Es hieß, er mache einen ruhigen und ausgeglichenen Eindruck und habe seine Tätigkeit in der Kanzlei wieder aufgenommen. Trotzdem vermied es Laura, das Riva-Haus zu betreten, wenn sie damit rechnen mußte, ihm zu begegnen.

Ihr Herz tat einen erschrockenen Satz, als sie eines späten Nachmittags Matthias' Auto auf der Straße erkannte. Sie waren gerade vom Einkaufen im Supermarkt zurückgekommen, und während Daniel Dominik aus dem Auto hob und zur Haustüre ging, um aufzuschließen, hatte Laura die Heckklappe ihres Wagens geöffnet und sich um den Korb mit den Einkäufen gekümmert. Fast wäre ihr der Mercedes gar nicht aufgefallen, sie wunderte sich nur, dass er betont langsam fuhr.

Und dann hielt er an, und Matthias kurbelte das Fenster hinunter. Laura befürchtete, er würde erneut mit ihr reden wollen, und ihr Herz klopfte zum Zerspringen. Was gab es da noch zu reden? Es war vorbei, das mußte er doch endlich begreifen.

Doch er wollte nicht mir ihr reden. In der nächsten Sekunde fiel ein Schuss. Und dann noch einer. Laura schrie auf, sah sich nach Daniel vor der Haustüre um. Sah, wie er strauchelte und dann zu Boden sank, wie seine Hand kraftlos das Kind losließ und es ebenso zu Boden fiel. Wie von Sinnen schrie sie auf und rannte auf die beiden zu.

„Daniel! Dominik! Oh mein Gott!" Sie hob das Kind auf und drückte es an ihre Brust, versuchte gleichzeitig, Daniel in den Arm zu nehmen. Sie streichelte beide, rief immer wieder ihre Namen. Ihre Hände waren voller Blut, und die rote Lache auf den Stufen breitete sich weiter und weiter aus.

Matthias blieb reglos in seinem Wagen sitzen und ließ sich widerstandslos festnehmen.

Epilog

Die Leute entlang der Straße, die vom Bahnhof zum Dorfplatz führte, konnten sich noch gut an jenen Tag erinnern, als die fremde junge Frau beschwingt an ihrem Haus vorübergekommen war. Auch die Dorfjugend unter der großen Kastanie wussten noch, wie sehr sie die hübsche Unbekannte bewundert hatten, die ihnen später beim Tanzen zugesehen hatte. Die Dorfbewohner erinnerten sich an die wunderschöne Braut, die am Arm des ältesten Riva-Sohnes in die kleine Kirche geschritten war... Nur sie selbst, sie erinnerte sich an gar nichts mehr. Willenlos war sie Sina zurück nach Hannover gefolgt. Sie wußte nicht einmal mehr, wer Sina war, dass sie über Jahre hindurch die besten Freundinnen gewesen waren.

Matthias war des zweifachen Mordes angeklagt worden und nahm das Urteil „lebenslänglich" mit unbewegter Miene hin. Mathilda verkaufte das Herrenhaus an einen Schönheitschirurgen, der es als Klinik für besonders betuchte Patientinnen umbauen ließ. Sie selbst quartierte sich in ein gehobenes Altenstift in Heidelberg ein, wo sie eine eigene Zimmerflucht bewohnte.

Jenny und Michael zogen mit ihren Kindern in das Haus, das Daniel und Laura zurückgelassen hatten und kümmerten sich liebevoll um die zwei neuen Gräber auf dem Friedhof.

Und Theresa? - Sie besuchte Matthias im Gefängnis, so oft es ihr möglich war. Obwohl er ihr selbst dort ganz unmissverständlich zu verstehen gab, dass er absolut nichts von ihr wissen wollte.

DoBuehler@t-online.de

Weitere von Doris Bühler erschienene Romane:

Queenie (2011)

Timeflyer (2013-2022)
Band I – III

Ramy und Chris (2013)

Irrlichter (2013)

Der Andere (2014)

Wechselspiel (2015)

Das Haus im Nirgendwo (2016)

Im Netz der Lügen (2019)

Dark Moon (2020)

X-MH 46 - Die andere Welt (2021)

Begegnung in Paris (2012)
(12 Kurzgeschichten)

Alle Bücher erhältlich bei
Amazon